AF483966

¿Quién doblará las campanas por mí?

Chevick Giraldo

EDICIONES RUBEO

© Chevick Giraldo, 2022
© De esta edición: Ediciones Rubeo, 2022
www.edicionesrubeo.com
© Diseño de portada: DG Angélica McHarrell
www.mcharrell.com
ISBN: 978-84-125055-5-9
Queda terminantemente prohibida, salvo las excepciones previstas en las leyes, cualquier forma de reproducción, distribución, comunicación pública y cualquier transformación de esta obra sin contar con la autorización de los titulares de propiedad intelectual.

La infracción de los derechos mencionados puede ser constitutiva de delito contra la propiedad intelectual según el Código Penal.

*Para todos aquellos que hoy no están a nuestro lado porque
los alambres de la muerte se le enredaron en sus pies.*

NOTAS DEL AUTOR

Cuando se nace nunca se piensa en la muerte, ella está guardada en el lugar donde nadie quiere saber, y cuando hablamos de ella en los pasillos, escondemos la mirada en el otro para infligir que no somos sus amigos y que por el contrario, no la queremos en nuestras vidas ni en las vidas de los que más amamos, pero todos sabemos que es una mala sombra y que está ahí detrás de los andamios del tiempo alimentándose de nuestros temores y de nuestras debilidades. Elegir como desearíamos morir, sería lo más digno como recompensa a nuestros temores y conceptos que tengamos de la muerte por el tiempo vivido, pero todos sabemos que no es así, detrás de cada paso hay otros pasos que miden los nuestros cuando no comulgamos con los de ellos, es entonces cuando se nos arrincona en la oscuridad, y sin medir distancias terminamos con nuestras bocas llenas de polvo y barro en el lugar menos esperado.

Los que nos miran si es que lo hacen, siguen caminando con pies de concretos, sin darse cuenta que otros se están llevando en los cuchillos el aliento de la vida sin importar quién era, si soñó, o si alguna vez voló en sus pensamientos en las orillas de los ríos buscando a otros que ya no estaban, porque alguien le madrugó entre los matorrales y le disparó a los sueños y al nuevo día.

Nadie se preocupa por la muerte del vecino hasta cuando ella toca en sus puertas. Ella viene camuflada en sombras sin testigos, otras veces los testigos son muertos que vuelan por los ríos con los ojos cenizos y con sus bocas llenas de tierra y barro, de barro y olvido.

Todo mundo calla la verdad, porque es una manera de preservar la vida sin darse cuenta que sobre el tejado de sus casas andan las sombras de la muerte con los ojos abiertos, con las manos untadas de sangre y odio. No hay a dónde escondernos de la muerte, porque la muerte está en la propia vida. Nadie puede ser indiferente a ella; pero estoy hablando de la muerte en la esquina del barrio, en la encrucijada sin salida, donde la salida son laberintos que retornan al mismo lugar; en los dientes del animal que asesina por diferencias políticas e ideológicas. Este animal con rostro propio tiene licencia de matar tus sueños y los míos, tus pasos y los míos si no caminamos en sus pasos, si no pensamos y actuamos como ellos.

Aquí en medio de los arbustos de este país hermoso me he escondido en los vacíos fríos que me han dejado los que se han ido, los que se han marchado lejos con los ojos abiertos buscando respuestas del por qué. En otros lugares del mundo estoy esperando que las sombras de la muerte se hayan ido cuando termine de escribir esta novela testimonio, para amarrarme los zapatos y ponerme alas grandes y volar en otros cielos, donde pueda soñar y percibir el mundo de espumas que soñé cuando era un niño.

Ya casi termino de amarrarme los cordones y asegurar mis alas. Estoy subiendo a las alturas para empezar el vuelo, pero me doy cuenta qué mis alas están rotas igual que la de todos aquellos que los enjambres de la vida y de la muerte se le han trepado hasta en los sueños, para consumirle la vida sin piedad alguna.

Escucho muy adentro monosílabos que gritan, monosílabos de palabras que quieren tender un puente para que tú y yo dejemos volar el sentimiento negado de vida, el sentimiento de hoy, el sentimiento de ayer. Tal vez después de leer un párrafo y otro, comprenderán que entre los hilos de la vida y la muerte quedó un camino entre los sobrevivientes: el de haber podido contar sus propias historias de vidas que son historias de vida y muerte.

¿QUIÉN DOBLARÁ LAS CAMPANAS POR MÍ?

Desde el primer momento en que Matías Arcángel partió hacia Centroamérica con sus maletas llenas de sueños, pero ante todo con la esperanza de vida después de la persecución y el destierro, sintió la nostalgia pegada en sus ojos con la incertidumbre de no volver a ver de nuevo su querido país, a sus hijos, su esposa, hermanos, amigos y compañeros de universidad. Era huir de la represión paramilitar para salvar su vida, pero también con la alegría y la esperanza de ver el futuro caminar sobre proyectos de vida del cual desconocía.

El día anterior viajó de noche a su pueblo que lo vio nacer, y entre abrazos y besos lloró desconsoladamente la despedida de su madre, padre, hermanos y amigos; creó un cerco en su corazón para conservar aquella cálida despedida que lo mantuviera unido en cada milímetro de distancia hasta su incierto regreso. No hay algo más triste en la vida que una despedida a punta de fusil, pensó, porque la alegría se nos pierde en cualquier momento entre el hilo de la esperanza y del no retorno, entre mantener por un momento en la retina los ojos que lloraron por ti y no poder volver a secar sus lágrimas con sus besos.

Era su primer viaje hacía un país extraño obligado por las circunstancias del pensar diferente a todos, del pensar que cada uno podemos ser dueños de nuestros propios sueños, de nuestros recónditos deseos y de nuestras esperanzas de vida, Una noche cualquiera sin piel ni abrigo, las campanas de la muerte tocaron en su humilde casa, y sin darle tiempo de amarrar los cordones de sus zapatos, saltó hacia las ventanillas de un avión que le esperaba rumbo al exilio y al destierro.

Vio desde las ventanillas volar en las distancias golondrinas que iban despidiendo en sus alas las palabras libertarias del amor y de la vida; eran como volátiles sueños que llevaba pegados en los ojos con la esperanza que al despertar pudiera sentirse vivo, que más que un derecho de vida se le había convertido en un milagro social en su país.

No había pañuelos blancos en su despedida, ni la banda del pueblo con el alcalde y el cura diciéndole hasta luego. Tampoco había girasoles pequeños o grandes en los ventanales de las casas, ni la bandera a media asta llorando su partida. Las tropas patrullaban las calles desiertas de su pueblo, y hasta escuchó el estruendo de un fusil y un grito de un desprevenido transeúnte caer con la boca llena de polvo y barro. Siguió escuchando disparos pero cada vez menos cuando el avión encendió motores.

Desde arriba vio a su pueblo arrinconarse en sus letargos miedos y temores, y algunos edificios consumirse en llamas. Soltó lágrimas de dolor, también de rabia y de tristeza, soltó graves palabras en sus pesados pensamientos en contra de sus gobernantes, y también aquellos verdugos que llenaron la tierra santa de fosas comunes, de hombres y niños que no tenían parentesco alguno con la guerra. Allí quedaban sus raíces atadas a la tierra envueltas en el humo de la guerra, también sus sueños cabalgando en caballos negros por las sabanas y montañas. Allí quedaban sus ancestros y su vida entera.

Después de horas de vuelo, algunos reflejaban cierto temor cuando el avión sucumbía ante los vientos de la costa. Otros leían desapercibidos el periódico amarillista de la noche con titulares anunciando lo anunciado. Alguien que estaba a su lado con cierta altivez escondida en sus grandes anteojos le preguntó: ¿Te sientes más alto ahora que vuelas en las alturas? Lo miró de soslayo y de inmediato guardó la respuesta en sus adentros para siempre, para no entrar en discusiones bizantinas y de bajo perfil, a lo mejor no quería responderle con la misma pregunta salida de la imaginación, a alguien que a lo mejor solo quería disfrazar el temor a las alturas.

Ciudad de panamá se veía en la distancia como una reina majestuosa adornada de historias, de sangre derramada por la resistencia heroica ante el coloniaje español hace más de doscientos largos años. Su ansiedad crecía, su espíritu de explorador se acrecentaba cada vez que se alejaba de las nubes y sentía el calor húmedo y tropical de esa ciudad caribeña. Era una sensación de alegría, pero también otra sensación de nostalgia se asomaba en sus entrañas, porque le traía a quemarropa el recuerdo de la brisa de su tierra, de su amada y lejana Colombia. Llegó a sentir que le envolvían sentimientos por encima de su cabeza, y que lo retornaban a un mar donde las aves volaban por encima de las nubes. y luego regresaban con las plumas pintadas con la bandera de su amada patria. Cuando aterrizaron en Panamá para hacer trasbordo no pasaron más de treinta minutos y ya estaban de nuevo metidos como mulas en un avión de carga rumbo a Costa Rica, ciudad de la que ya tenía algunas referencias dadas por el cónsul de Costa Rica en Colombia. Él era un hombre gordo y bonachón que cada vez que reía dejaba ver sus dientes afilados tipo camaleón. Recordó también su mirada desprevenida, pero aguda en el momento de hablar de su país, de sus playas y de sus mujeres. Le llamó la atención cuando sacó de su billetera vieja una foto adornada en su parte exterior con rosas rojas y negras, donde aparecía una mujer con grandes senos y de ropa la imaginación. Quedó por un largo momento acariciando la foto con sus ojos llenos de deseos como queriendo poseerla en ese instante, y con una gran inquisición salida de su ego reprimido le preguntó: ¿Quieres saber qué es lo que más me gusta de ella cuando hacemos el amor? No, le dijo en un tono tranquilo sin mirarlo directo a los ojos. Eres de poca imaginación amigo, le dijo, como queriendo involucrarlo en el mundo de sus bajas pasiones. Soltó una carcajada como un estruendo que se escuchó más allá de la oficina del encargado de negocios, asustó la recepcionista que estaba sentada con sus piernas tiradas en su escritorio en sus largas y placenteras siestas matutinas. Hombres como él, pensó, con su jocosidad y manera de mamarle gallo a la vida son los que necesita el mundo para aliviar la carga horrible y tenaz de los ruidos de las grandes urbes.

Costa Rica, su nombre lo hacía navegar entre las playas llenas de mujeres hermosas bronceadas con sus traseros esbeltos expuestos al sol y a la brisa, las palmeras jugando con el viento inclinado en las alturas, y el mar apretujando las olas sobre sus lomos a ritmos y velocidades imaginables en su mente.

Pasó muy rápidamente todos los servicios de inmigración, y buscó entre sus bolsillos rotos algo de dinero, y lo único que encontró fue una dirección arrugada con letras ilegibles.

Al otro lado de la línea una voz muy joven y sensual atendía su llamado. Era alguien que conocía desde Colombia por la cercanía a su familia y también por sus atributos físicos que cualquier hombre viejo la desearía más que un viagra en mostrador. Cuando la vio no tomó distancia para dejar correr por su cuerpo el calor de aquel cuerpo joven y voluptuoso. Le hubiera gustado permanecer en el abrazo hasta que sus emociones lo hubieran trasplantado fuera de la tierra.

El encuentro estuvo por un momento lleno de abrazos y de miradas encontradas. Su mirada picarona estaba llena de cierto picante costeño muy particular de la gente caribeña. En sus preguntas sobre su país quería respuestas que no estaban en las alegrías de su corazón, tenía nostalgias que salían destellos de rabia e incomprensión por el sufrimiento padecido en su secuestro, por las torturas psicológicas y físicas en manos de los más sanguinarios y despectivos criminales: "Las Autodefensas Unidas de Colombia" creadas primero como las convivir en defensa de la propiedad privada y en lucha contra las guerrillas izquierdistas, y luego como una organización paramilitar al servicio de la muerte.

Tuvo la impresión por un momento que su atención estaba puesta en otro lugar, tal vez en el país que los dos hubieran querido soñar en grandes bolas de nieve y jugar a la libertad y no a la despiadada guerra, al encuentro entre la alegría y la convivencia pacífica y no al fusilamiento a quemarropa, a la desaparición forzada y a los falsos positivos. Pasaron la noche hablando de cosas inverosímiles y ordenando en sus memorias las vivencias de su natal Colombia, y creando también espacios de convivencia hacia el futuro.

Beatriz era su nombre, como ella pocas personas

había conocido en su larga vida. Por su carácter irreconciliable con el desorden y el afán por nombrar las cosas con nombres propios, la hacía ver una mujer transparente a la hora de poner los puntos sobre las íes, cosa que su esposo Edgar y sus vecinos lo veían con buenos ojos. Lo que no veían bien era la forma de celar a su marido. Tenía celos imaginarios infundados, y hasta creía que en las historias contadas en las novelas románticas él estaba involucrado, y que en las noches cuando ella dormía se escapaba en sus sueños para encontrarse con la amante. Ella le tenía advertido que si lo encontraba durmiendo de nuevo con los ojos abiertos corría el riesgo de despertar sin pene. Por eso a partir de esas amenazas empezó a dormir boca abajo; siempre decía que ella lo había sacado del infierno de una relación tormentosa haciéndole trampa al diablo, y que era por eso que su vida le pertenecía. En medio de una leve sonrisa él lo aceptaba para no caer en discusiones.

Por muchas noches transcendió a su habitación desde el cuarto contiguo su perfume de mujer joven, y la fragancia de su sexo cada vez que entre quejidos y voces apasionadas su cuerpo era poseído por su esposo; después como un triunfo logrado en la lidia los dos reían por un largo tiempo entre sábanas blancas, para dar comienzo a otro encuentro que terminaba hasta la media noche. Al otro día lo miraba con cierto aire de malicia y le preguntaba si había dormido bien, sino, entonces para comprarle una muñeca inflable en el mercado de las pulgas para que lo acompañara en las noches frías. Claro, que es una broma agregó de inmediato, aunque la soledad es la peor enemiga de los humanos sino se es escritor, volvió a decir. Ella lo armó de un radio viejo y cada noche cuando la lidia de nuevo empezaba, el aumentaba el volumen para que los oídos y los pies no se le calentaran, y no pensara caminar en zancos buscando la vecina.

Por la mañana, ya estaban en San José caminando por las estrechas calles del centro de la pequeña ciudad, y no halló la diferencia entre Bogotá y estas calles. A media cuadra estaban amontonados los que pedían el pan y el que los ignoraba; el que vaciaba el bolsillo al descuidado turista; el que tenía la cara y ojos llenos de incertidumbre; el que no encontraba el camino del futuro porque nunca había soñado ser diferente al mundo en que vivía; el que caminaba con sus pensamientos en otro lugar porque le habían asaltado sus creencias religiosas en sus sueños; el que buscaba en medio de la indiferencias las diferencias entre el rico y el pobre, entre el bueno y el malo.

Aquí sin medirlos en escalas sociales estaban todos con sus individualidades buscando sueños, buscando espacios de vida. Ella dijo que seguía buscando un lugar en el universo donde los sueños se parecieran a la vida diaria, pero él le dijo que los sueños son hojas que caen de los árboles, y luego el viento se los lleva al mar, o tal vez los entierra en algún lugar de este mundo, esperando que todos estemos preparados para ser hojas de árboles que no temen perder al árbol. Él no supo si ella comprendió su metáfora, pero él sintió más livianos sus pies y más grande su corazón.

La oficina de refugiados localizada en un sector exclusivo en San José de Costa Rica, estaba apretujada de niños, jóvenes y ancianos con sus folder arrugados llenos de tragedias que contarle al mundo. Eran las voces del silencio haciendo ecos para ser escuchados en un país que no eran los suyos, como tampoco la guerra que los desplazó. Cada uno de ellos venidos de diferentes partes de Colombia, se veían arrinconados en su mundo buscando ser reconocidos por la ACNUR como refugiados, y terminar así una vida de peregrinaje y exilio involuntario.

En la parte delantera de la sala contigua a la recepción reconoció a un hombre, que por más de dos años lideró una ONG sin ánimo de lucro en Bogotá. Su zapato derecho estaba roto igual que su alma por la forma violenta en la cual fue humillado y ultrajado, sus uñas ya no eran pertenencias de sus dedos, habían sido arrancadas de tajo; tenía en su cuello las señales de las cadenas de un largo cautiverio, su nariz estaba aplastada y en sus ojos podía percibirse el miedo a la claridad del sol y al abrazo de la esperanza. Lo abrazó por largo rato, tal vez con el acto más emotivo de su vida, sintió su cuerpo helado y su respiración entrecortada, la languidez de su mirada se perdió en la suya buscado un motivo de vida, una razón valedera para seguir la marcha del yo puedo, yo quiero, el yo deseo vivir para contarle a todos los que tengan oídos, a todos aquellos que no quieren esconderse en sus temores y olvidos, a todos aquellos que encienden en las mañanas en el fondo del mar esperanzas de vida.

Se sentó a su lado y observó la caída de su pelo, y en el cuero cabelludo cicatrices marcadas por la osadía del verdugo que marchitó su alegría y su vida. Su cara pálida y marchita por el dolor expresaba el sentimiento marginado del cautiverio, del encierro involuntario y las torturas atroces padecidas en su humanidad. Cuando él lo conoció, era un hombre alto que parecía un árbol donde todos querían su sombra. Hoy lo vio más pequeño y ya no tenía la misma sombra, le habían quitado las ramas.

Hubiera querido no llorar, pero un remolino de tristeza se le trepó en sus sentimientos y fue inevitable, los dos lloraron compartiendo su dolor, los dos tenían cicatrices en el alma que muy difícilmente borrarían. Aquí en medio del dolor también se asomaba la alegría de este encuentro que por alguna circunstancia el destino los había reunido de nuevo.

La mujer que lo acompañaba no pasaba de cuarenta años de edad, su nombre era Libertad Colombia, su madre le había puesto ese nombre en homenaje a su país que tanto amó. Era de regular estatura y sus facciones de mona lisa la hacían ver esbelta. Estaba vestida con Jean y una camiseta blanca; su cabeza rapada y senos pequeños le daba la imagen de ser una mujer nacida para afrontar con putería los problemas del país, y por su talento e intuición era un libro abierto en el dominio del tema político del país.

Ex graduada de la Universidad Nacional en ciencias políticas en los años ochenta, había participado como activista en revueltas universitarias por las reivindicaciones estudiantiles y por los jodidos del país. Había estado exiliada en Europa por motivo de la persecución política que se llevó a cabo en contra de todos los opositores al régimen. Regresó clandestina al país y logró acuerdos que le permitieron seguir dando clases de Ciencias Políticas en la misma Universidad. Matías la conoció también cuando se realizó un congreso por la vida y la paz en la ciudad de Cali, en el cual asistieron intelectuales y artistas del país, como también de México, España y Venezuela. A lo mejor le hubiera gustado verla de nuevo en diferentes condiciones, pero sus huellas de torturas eran visibles en todas partes de su cuerpo. Ella lo miró a los ojos muy adentro, con la tristeza inmensa percibida en alguien que siempre se caracterizó por la manera jocosa de mamarle gallo a la vida, cuando alguna situación no se acomodaba en su momento preciso.

Los tres tenían algo en común, habían sido desterrados del país y torturados hasta la saciedad, pero también habían logrado salir vivos de un holocausto sin el consentimiento de ellos. Sus hechos como sus historias no eran casualidades, eran parte de cientos que no tuvieron la misma suerte que ellos, porque a lo mejor estaban en fosas comunes con los ojos llenos de tierra, o navegando por los ríos llenos de agua.

Andreu, quiso levantarse, pero se dio cuenta que su medio pie izquierdo todavía no había cicatrizado y no aguantaba el peso de su delgado cuerpo. Su esposa le ayudó a sentarse y Matías le acomodó su pie en otra silla. Tomó de las manos a su compañera como queriendo transmitir en ella el poco valor que le quedaba; bajó la cabeza y con un esfuerzo movió su brazo derecho alertando el dolor que se le había vuelto el pan diario cada vez que lo movía. Matías lo observó y se dio cuenta que tenía el brazo blanco a la altura de su hombro. También pudo ver su cabello quemado y todos los dedos de sus manos sin sus uñas.

Andreu de nuevo los miró y dejó escapar sobre la comisura de sus labios, este relato que hacia parte de la historia de miles de Colombianos humildes que no habían contado con la suerte de asomar sus ojos de la profundidad de la tierra. Él tenía la oportunidad de poner andar sobre otros rieles, esos sentimientos que lo habían tenido enclaustrado en una lucha individual por liberarse en sus sueños de fantasmas que lo ahogaban y lo arrastraban por los fríos vacios en las noches de invierno. Él tenía la oportunidad de mirase en los ojos que le veían, y formar ecos de otras voces en los oídos de quienes le escuchaban, no para evadir el cerco de la realidad que le comía los sueños, si no para poder masticar las pesadillas de gritos y muerte que se le habían convertido en pequeños monstruos carniceros.

Era un día lluvioso y frío como cualquier otro, empezó diciendo, me había levantado muy temprano alrededor de las cuatro y media de la mañana. El día anterior había tenido una asamblea donde habíamos acordado el lugar de reunión para dar entrega de alimentos y víveres donados por comerciantes generosos. Ésta labor la hacíamos una vez por semana en particular los domingos. El miércoles recolectábamos enseres, el jueves venían psicólogos a dar terapias de grupo en la búsqueda de la reconstrucción del tejido social, y el resto de semana dictábamos talleres en base a la resolución del conflicto armado y el desplazamiento forzado. También en nuestro programa teníamos acercamientos con países amigos en particular Canadá, con quien habíamos logrado ya tener en lista muchas familias para salir en calidad de refugiados a ese país.

A no menos de veinte cuadras de llegar a mi casa pude percibir que alguien me seguía muy de cerca. Me detuve, se detuvo, corrí más que una liebre en huida del cazador; llegué a pensar que no corría, que volaba. El cerco estaba tendido. Toqué más de una puerta, ellas se cerraban en mi cara. Algunos que otros transeúntes se besaban, otros no les importaba que el ratón hambriento devorara el queso, o que el león devorara la liebre. Sus rostros estaban cubiertos con pasamontañas y sus largas y cortas armas amenazaban mi humanidad. La suerte estaba echada. Grité tan fuerte en busca de un S.O.S. que todavía mis gritos los escucho en mis adentros. La indiferencia era la respuesta. Ellos estaban como lobos atacando su presa, la tenían a su merced. Sentí caer al piso y todo fue oscuridad, oscuridad que no me deja ver el sol todavía, después de quedarse incrustada en mis ojos y en mi memoria para siempre.

Mis ojos estaban vendados, la oscuridad se comía la luz y el equilibrio. Un mundo lleno de incertidumbre rondaba en mi interior, me ataba las fuerzas a callejones oscuros donde habían cadenas frías y gruesas que quemaban mi libertad, habían otros gritos que rompían mis oídos y luego sentía la sangre salir manchándome la piel. Traté de levantarme, pero de nuevo caí. Me arrastré por el suelo buscando y tocando espacios, pero siempre estaban ahí esos espacios vacíos arrinconándome de miedo y un temor que lo llegué a sentir propio. Era como buscar salidas en un laberinto donde la oscuridad estaba metida en mi esperanza como una mala sombra, como una mala hierba donde solo crece en los desiertos. Una pared, dos, tres y cuatro, todas estaban frías como mi alma, tan frías como la esperanza de encontrar un rayito de luz. No podía recordar nada, de mi cabeza salía algo caliente y espeso, estaba sangrando; de mis oídos el golpe se había transformado en voces de fantasmas que no eran de aquí ni de otro mundo. De algún lugar contiguo escuché lamentos de dolor, ellos se perdían con el fragor de la noche en otros lamentos. A veces les escuchaba sus voces como un cántaro donde el objeto nunca caía: "Cantan hijos de malas hierbas, hijos de putas, salven lo poco de vida que les queda". Escuché sus voces esfumarse y sus vidas también cuando las moto sierras silenciaron sus cuchillas envueltas en sangre. Escuché el chasquido de los perros y los hombres reír a carcajadas.

Su cara distorsionada y pálida, sus ojos habían cambiado de color. Soltó por un momento las manos de su compañera para secar el sudor que llegaba de su frente, y miró a todos lados como queriendo ocultar sus palabras, y la rabia de los recuerdos que le asaltaban y le abrazaban la poca vida que le quedaba. Volvió a tomar las manos lánguidas de su compañera y le quedó mirando a los ojos como queriendo encontrar en ella una voz de aliento para continuar.

Ella se había convertido en sus tiempos en su muleta, en el libro abierto de sus confesiones, en el apoyo espiritual, en su esperanza de vida. Sin más atenuantes que entregarle un crudo y real testimonio a su amigo continuó: Escuché el ruido de una puerta abrirse, y por el crujido pude deducir que bisagras y tornillos estaban oxidados. Sentí mi cuerpo estremecerse y una sensación de incertidumbre y miedo inundó mi ser; intenté levantarme pero las cadenas pesadas y frías en mis pies me lo impedían. Quise quitarme la venda de mis ojos pero mis manos estaban atadas con alambres de púas que comían mis huesos al mínimo movimiento. Los pasos se acercaron rápido y con ellos un violento golpe me hizo vomitar mucha sangre. Una, dos, tres y muchas más patadas cayeron en mi desnudo cuerpo. Fui arrastrado del pelo y colgado como un muñeco de trapo. Las púas habían llegado hasta mis huesos. En ese instante pude conocer y sentir el sufrimiento de Jesús en la cruz, su dolor y también su grandeza y misericordia. No sé por qué, pero me imaginé verlo pálido con su boca quebrada y con la mirada perdida buscando en la mía cómo resarcir mi dolor; entonces le abrí espacios en mi corazón para que él también se refugiara en el mío, y los dos poder caminar sobre los enjambres de la vida y de la muerte.

Sentí algo duro que penetró en mi intimidad hasta llegar a mis intestinos, al tiempo que otro de mis verdugos apretaba mis testículos tan fuerte hasta que perdí el conocimiento. En ese viaje de dolor llegué a un lugar donde la tierra no producía hierbas ni árboles, el mar era negro y de las aguas salían montañas de fuegos que quemaban mis ojos y mis pies. Del fuego salían voces como truenos y esos truenos se volvían ecos en mis oídos. Salí corriendo huyendo de los truenos y del fuego, pero los truenos estaban ya dentro de mí quemándome la vida. Grité pidiendo ayuda pero las voces de fuego me decían que yo ya estaba muerto, que era un espectro de la muerte. Empecé abrir lentamente los ojos y me di cuenta que estaba vivo, no sabía si para bien o para mal pero ahí estaba. Escuché más voces con los mismos imperativos: "Este hijo de puta lo parió la madre por el culo, así que no vale nada, está hecho de barro y lodo, está hecho de mierda". "Nombres, comunista de mierda es lo que necesitamos, o te mueres guerrillero de mierda". Un golpe seco cayó en mi ojo izquierdo. Luces multicolores aparecieron trasportándome de nuevo en un inmenso dolor, a un mundo desconocido, a un mundo que no era el mío ni de nadie. Sentí que flotaba sobre el aire en un globo que empezaba a desinflarse. Abajo habían agujeros negros donde me llamaban por mi nombre y me decían que era el mundo de las tinieblas donde el que entraba no salía. Alrededor había un monstruo hambriento de alas negras que vomitaba fuego, y sobre mi cabeza cientos de manos con garras que me querían llevar a otro mundo. Busqué un espacio de vida, pero me di cuenta que en ese lugar la vida no existía, que todo el que llegaba antes de su día estaba muerto.

Cuando volví mi cuerpo estaba ondeando en los espacios de pared a pared. Por un momento dude estar vivo, pero luego comprendí que estar muerto tan temprano sería un privilegio para ellos y que me faltaba mucho por sufrir antes de morir. Los alambres habían comido todo y solo pendía de una parte de mis huesos. Vi que una de mis manos estaba arriba y que la otra estaba próxima a perderla. Los hombres siguieron meciéndome hasta que caí sobre mi propia sangre. Miré arriba y vi la otra colgando sobre los hilos del alambre. Ellos no me dieron tiempo de pensar en el dolor de la pérdida, porque otros dolores recorrieron por mi cuerpo. Fui colgado de mis pies con la cabeza hacia abajo. Los mismos alambres estaban desgarrando toda mi piel y llegando a mis huesos. Sabía que podía pasar lo mismo y que muy pronto también perdería mis pies. Ellos empezaron de nuevo a mecerme con violencia hasta golpear mi cabeza contra la pared. La viga cedió y caí al piso. Los hombres corrieron como pirañas y de nuevo empezaron a golpearme por todo el cuerpo. Mi cuerpo ya poco los sentía, era como si fuera perdiendo la sensibilidad por partes. Los gritos de dolor eran menos y esto los enfurecía más. Mi boca estaba abierta. Un hierro a lo mejor en forma de tenaza estaba dentro de mi boca. Uno a uno sentí como terminaban con mis dientes superiores. El dolor se extendió por todo mi cerebro, y me transportó a un sueño donde veía a una mujer cabalgar sobre una gigante ave de color blanco, su cabeza estaba adornada de claveles y un manto negro ondeaba al viento. En sus manos delgadas y huesudas traía una cruz y un escapulario. Estaba en el último nudo cuando una luz brillante apareció en el espacio. Se bajaron siete ángeles vestidos de la noche y caminaron hacia mí en el aire, cada uno de ellos me besó en la frente, cada uno me dio una flor, siete nombres siete mensajes. "Carlos, Tito, Mazar, Aníbal, Juan, Exequiel y María", todos han sido asesinados. "Por encima de la muerte hay esperanza". "La vida empieza donde la muerte termina". "Camina sobre tu mente para que tus pies no sientan el calor de las brazas". "Ellos son producto de la muerte, tú eres vida". "Las alas son símbolos de libertad, vuela en tus pensamientos así se las corten". "Sobre el ave blanca está tu madre sosteniendo el ultimo nudo, no les permitas ser el número ocho".

Los vi partir sigilosos en la misma luz en que llegaron. En sus manitos siete pañuelos blancos se agitaban en el aire acompañados de un viento suave y cálido en la distancia. Los vi alejarse y perderse en el azul de los cielos, pero en mi corazón estaban formando grandes nudos de gloria, que me sostenían por ahora en mis alucinaciones. Gotas de rabia y de dolor caminaron en mi cuerpo por la pérdida de lo más amado, de lo querido, de lo más sentido: "la familia". Podía sentirlos viajar en la distancia a otras dimensiones, donde habían sábanas blancas en los mares y sobre las copas de los árboles los pájaros volar muy cerca de ellos.

Ahora estaba tirado en el piso entre orines y excrementos. El olor contaminaba mis pulmones y las náuseas hacían su propia fiesta. Pedí agua y uno de ellos se orinó en mi cara y me dijo: Si sigues pidiendo manjares nos vamos a cagar en tu cara y te vamos a cortar la lengua y te la metemos por el culo. No había duda alguna en sus respuestas, ya todo era posible.

Había perdido la noción del tiempo y del espacio. No sabía si era de día o de noche ni cuántos días habían pasado desde el momento de mi secuestro.

Nunca supe si estaba dormido, porque mi vida en los últimos momentos estaba en la inconsciencia. Los sueños se transformaban en pesadillas que me transportaban al infierno y en el mismo sufrimiento de la tortura; no sabía diferenciar entre lo real y lo soñado. En cada interrogatorio una nueva tortura aparecía como símbolo de muerte. Llevado a una alberca y sumergido hasta casi mis pulmones reventar, en cada zambullida miles de pelos quedaban en sus manos como trofeos de guerra.

Un día vi el sol. Me sacaron, arrastraron y tiraron como un bulto de carne a un carro. La tapa del baúl se cerró con un estruendo y a grandes velocidades se desplazó por la avenida. Al cabo de unos cuarenta y cinco minutos después de saltos y brincos por una carretera agreste el carro se detuvo. Fui marrado a un árbol con las mismas púas que ataban mis manos y mis pies. Sentí las pinzas sobre mis testículos y una corriente paralizó mi respiración.

Agua sobre mi cabeza y de nuevo una honda de corriente tras otra quemó totalmente mis testículos. Otro interrogatorio y de nuevo la incertidumbre me asaltaba. Escuché el ruido agudo de un motor prender. Cada vez más cerca podía escuchar las cadenas deslizarse sobre su carril. Imaginé en esos momentos lo ocurrido en Trujillo Valle donde se produjo la mayor masacre y descuartizamiento de civiles en manos de los paramilitares, en complicidad con las fuerzas militares y el silencio nefasto del gobierno. No dejaba de pensar en el sufrimiento causado, y ese sentimiento de nostalgia que se siente al saber que pronto se va morir; ahí es donde caben mil preguntas sin respuestas, porque ellos estaban en manos de quienes los ejecutaron. Algunos a lo mejor esperaban un milagro divino pero el milagro fue la muerte. Otros a lo mejor con los ojos abiertos miraron como desprendían partes de sus cuerpos, mientras el que los dirigía tocaba su acordeón.

Recordé las palabras de los siete ángeles que me habían visitado en el sueño de dolor pero también de esperanza. "No les permita ser el número ocho, no dejes cruzar el nudo del escapulario". Varios hombres tomaron mi pie izquierdo y lo pusieron sobre un objeto duro y frio. La sentí caer y llevarse mitad del pie. En el instante un hierro caliente sellaba la herida, o mejor, me marcaban como a una res la cual ya tiene dueño. Más que dolor sentí un vacío, a lo mejor mi cuerpo ya no me pertenecía, era una masa de carne de la que solo quedaban las huellas de una tragedia marcada por mi cruel destino, por quienes el propósito era arrancarme la vida y marchitarme la flor del lenguaje de la felicidad.

El hombre renegaba, la máquina no andaba. Duró tal vez más de treinta minutos, no prendía. Vociferó más de mil putas palabras e invocó los mil demonios, maldijo su madre, la madre de su madre, y a su mala suerte también. Estoy estresado dijo, inventemos un juego. En vez de mi cabeza la mitad de mi pie iba de arco en arco en victorias para unos, derrotas para otros. No lo dijeron, pero de hecho yo sabía que no se estaban jugando la copa América de futbol ni la clasificación al mundial, era sencillamente quién de todos daría la estocada final. Hubo celebración, algunos felices, otros se mordían la lengua. Entre los ganadores jugaron la cara y sello de quién sería el primero. La voz aguda y chillona, la misma que por noches y días enteros era mi victimario, se había convertido en la máquina asesina y sin control; ahora de nuevo era el ganador. Mi corazón empezó a latir y a caminar entre mis sienes, sentía cada tic tac y el ruido de mi corazón como una bomba estallar en mil pedazos. Fui desatado del árbol y tendido al suelo boca arriba. Estaban subidos en mi pecho como buitres, mis brazos en posición horizontal estaban expuestos a los clavos. Uno tras otro fueron entrando con afán a golpe de matillo. Sentí los clavos deslizarse y un dolor seco estacionarse en mi cerebro. La misma operación se repitió en mis pies, solo que en el izquierdo lo clavaron sobre el hueso, parte de él ya no existía. Ya no me asaltaba el temor, el se había convertido en el permanente estado de convivencia entre la esperanza y la muerte, entre la compañía del verdugo y la fe de vida.

Miles preguntas sin respuestas, un montón de golpes en mi humanidad. Tomaron uno de los dedos de mis pies y fue partido a la fuerza, cada uña fue sacada en un proceso de un experto manicurista. Luego un golpe frio cayó sobre mi rostro destrozando mi nariz, asumí era una piedra gigante levantada y descargada con odio ciego y sin piedad. Un hierro helado entraba en mi cabeza; dejé escapar mi dolor hacia las nubes y con él la poca esperanza de sobrevivir al holocausto.

Me tomaron de las manos y los pies y me lanzaron a un abismo que pensé no tenía fin. Los ángeles del cielo de nuevo estaban conmigo, estaban maravillados de verme vivo, me abrazaban y besaban con ternura, metían los ojos en los míos buscando mi dolor para extraerlo de mi alma. Mi desnudo y lacerado cuerpo lo cubrieron con hojas secas y limpiaron mis heridas con agua de un arroyo que venía del cielo. Mi madre sostenía todavía el escapulario en el octavo nudo. La vi hermosa, siempre ha sido hermosa, pero ahora sus ojos me transmitían una inmensa paz, esa misma paz cuando decía acariciándome en su vientre, "no te preocupes bebe, duerme feliz mi dulce niño, yo tengo el control, lo tengo todo para ti, duerme mi dulce encanto". Me invitó a tomar su vino preferido alrededor de una hoguera. Todos cantamos, reímos y bailamos como una ofensa a la muerte. También lloramos y descargamos el dolor como una forma de reconciliarnos con la vida y con la muerte, con el dolor que se desprende a tempranas horas entre las burbujas del tiempo para que naveguen por el mar lejos de nosotros, lejos de ese mundo que nadie quiere saber. Ellos tenían las caras de colores y sus manos eran como unas motas de algodón. Empezaron a dibujar sobre la arena mirando al cielo los caminos que conducían a la vida de los sueños. Dibujaron el camino por donde ellos se habían marchado de la tierra sin saber por qué. Sobre el camino había luces que los habían transportado a otro lugar donde lo habitaban los silencios. Cada uno allá tenía una estrella y sobre esa estrella dormían con los ojos abiertos esperando el día que los hombres que le habían quitado la vida murieran. Les pregunté por mi estrella y me dijeron que esas eran las estrellas de los muertos y que el camino mío era otro. Miré a mi madre y a mis hermanos sin entender lo de las estrellas. Entonces mi madre me dijo que mirara el mar con sus aguas tranquilas y que me dejara llevar hasta la profundidad de ellas. Allá había mucho ruido, no era el mundo de los silencios eternos. Me dijo que en medio de corales había una flor que estaba muriendo porque el jardinero la había abandonado y que yo era el jardinero elegido, que tenía que sobrevivir.

De nuevo se marcharon dejando el calor de la esperanza fundida en el tiempo y en la espera. Se iban tomados de la mano en un viaje del cual desconocía, a lo mejor había estado en el ya. Me quedé mirándolos hasta que el sol me despertó con la luz del nuevo día. Empecé a mirar lo que había quedado de mí y me di cuenta que poco ya quedaba. Mi ojo izquierdo estaba cerrado, no lo sentía, lo toqué, no estaba, en el derecho escarchas de sangre pegados obstruían mi visión. Mi nariz estaba aplastada, y sobre mi cabeza una varilla larga atravesaba el lado izquierdo de mi cráneo. No pude medir su longitud pero era más larga que mis dos brazos. De mis manos quedaban dos muñones que parecían el cabo de un hacha. Un pie cortado en la mitad, y en el otro agujeros por donde habían entrado los clavos. Los hematomas estaban en todas partes de mi cuerpo, eran negros y parecían huevos. De todas partes salía sangre, como barro quemado; tenía fiebre; mis labios estaban completamente quebrados y de mi boca cada vez que tosía expectoraba sangre. Miré alrededor, un carroñero buscaba en la basura su alimento, a su lado un niño no mayor de siete años se peleaba su alimento. Una esperanza se asomaba a mi dolor y a la incertidumbre. Grité buscando ser escuchado por el niño, pero de mi garganta solo salía un sonido que se perdía dentro de mí, estaba atascada de basura y sangre. Intenté levantarme, mi cuerpo no me respondía. Empecé en la misma posición que me encontraba a girar mi cuerpo hacia la izquierda buscando llegar hasta un desfiladero que era como un abismo. No medí su profundidad, lo que importaba era llegar. Rodé como una bola de trapo hasta llegar a una planicie. El perro ladró advirtiendo mi presencia y con el corriendo vino el niño. Él quedó mirándome y me preguntó que de cuál mundo yo venía, le dije que del mundo del infierno, del mundo de los muertos. Sí, le creo, me respondió con cierta seguridad. Entonces enseguida le pregunté por su mundo, y con lágrimas en los ojos me contestó que del mundo de la desigualdad. No sé qué pasó en esos momentos pero me puse a llorar. Me acosté sobre la húmeda tierra y empecé a golpearla hasta sangrar mis espectros de manos. El niño me preguntó por qué lloraba y golpeaba la tierra, yo le dije que lloraba porque era sin duda lo último que me quedaba, y que golpeaba la tierra porque ella había parido a los hombres monstruos que nos había hechos desiguales. Sí, estoy de acuerdo, me respondió con cientos y miles lágrimas en sus ojos. Le pregunté por la ciudad y sus calles, y me dijo sin titubear que ya casi estaban limpias, porque habían matado a los que dormían en ellas y debajo de los puentes, que el miedo de vivir lo sentía pegado en su cuerpo cada vez que veía esos hombres de negro caminar en la oscuridad con rifles a media noche.

Le pregunté su nombre y me dijo que le llamaban el niño de la calle, y que pensaba que este mundo estaba lleno de pan y trigo, pero que estaba en la alacena de los ricos, que él estaba esperando ser grande para armarse de un ejército de hambrientos y romper las alacenas de los ricos y repartirlos en las calles y en los puentes. Entonces figuré verlo también como yo mutilado, y arrastrado por los abismos de la muerte. Estás en la dirección correcta, mi pequeño amigo, solo que debes mirar el cielo todas las mañanas y pensar que eres una estrella. Déjate llevar en su luz y ella te dará la sabiduría, déjate bañar de sus rayos de luz y ella escribirá tu nombre en letras grandes en el centro de la tierra. Y debo de estar preparado para ser un líder? Ya lo eres, solo no permitas estar por encima de los hombres, porque entonces vas a necesitar quien te libere.

Tomé sus manos y lo abracé. Su cuerpo estaba frío,

yo diría helado. Me miró a los ojos y me miré en los suyos. No había mucha alegría, solo lloramos nuestra despedida.

Fui transportado a una ambulancia, solo que antes tuvieron que cortar con una segueta la varilla, era más larga que el espacio de entrada. Duré más de seis meses en cuidados intensivos luchando por mi vida, en los sueños mi bella madre seguía sosteniendo el escapulario y mis hermanos sosteniendo banderitas blancas con mi nombre incrustadas en letras rojas.

Los médicos y enfermeras exclamaron: "eres un milagro de Dios". No había ninguna duda que no lo fuera, y más que eso era la demostración a mí mismo y a mis verdugos que podría pasar hasta la vida misma, pero jamás lograrían arrancar el gran espíritu de luchador y de entrega por los desterrados y destechados. Hoy sigo construyendo en cada paso los sueños libertarios de Bolívar y cuidando en el mar la flor para que no muera la esperanza de vida.

Ahora mi querido amigo Matías conoces una parte de una vivencia, de una vida que se le escapó a la muerte y le madrugó a la espera; a la esperanza de poderle robar al tiempo una gota más de vida; al carnaval del holocausto de la moto sierra y el trinar de los cuchillos; al canto hecho grito callado a quemarropa con otro lamento; al escape de la oscuridad buscando la luz al otro la del túnel para volver y estar aquí contándole la verdad al mundo.

Le he puesto granitos a cada paso para que las semillas germinen y crezcan grandes árboles de esperanzas en cada esquina, donde los pies cansados por la huida del martirio puedan escampar su dolor y emprender de nuevo el viaje hacia la libertad soñada.

Ella acariciando su cabello y secándole los recuerdos con sus besos, él metido en mil preguntas y respuestas dadas así mismo ante el cuadro desolador de una verdad que le dolía, pero que lo empujaba a buscarle otra mirada de frente para evitar que reinara en el silencio. Él estaba martillando miles de pensamientos que no tenían estación, pero que Matías Arcángel los comprendía solo con mirarle a los ojos, como un mensaje de gran aliento para sobrepasar la barrera del pantano, y de la oscuridad que tejen sonidos de espantos cuando los recuerdos se asoman en los ventanales de las casas sin darnos aviso, sin decirnos nada. Matías, quién tocará las campanas por mí?

No podía Matías contener una de las preguntas tal vez más dolorosas para él. ¿Y tu familia? ¿Cómo murieron? Le quedó mirando con su único ojo abierto atrapando los suyos, al mismo tiempo con uno de sus pies iba dibujando una figura abstracta que trazaba caminos de vida pero también de muerte. "Ocho cadenas, ocho eslabones y en cada espacio un águila llevaba atada a sus patas la palabra libertad. Siete de sus plumas esparcidas y manchadas de sangre caían en el mar sobre el lomo de las olas, la otra oculta en la oscuridad de la noche se perdía en complicidad de ecos del silencio abandonando la tragedia".

Matías comprendió, que sus símbolos eran portadores de mensajes sublimes donde la muerte viajaba en caballos acerados, pero también donde la vida es hierva adherida a la tierra mojada para seguir creciendo en los andamios de los fuegos".

Sintió su corazón palpitar con fuerza, su mirada triste pero llena de resolución le dio a entender que la única forma de liberarnos de los fantasmas es enfrentarnos a ellos con las mismas armas para destruirles a ellos su valor. Él la miró consiguiendo de ella la misma mirada que lo embrujó de amor aquel día cuando la conoció; solamente que ahora en sus ojos grandes tenía la expresión de haber vivido más allá donde el dolor formaba montañas negras, y donde el sol llegaba una vez al año porque otras nubes más grandes se interponían. Era una mujer que quería seguir caminando sobre las aguas de los ríos y los mares, y sobre la tierra madre que la parió una noche cuando el mundo reclamaba libertad. Se había jurado que no pariría hijos para la guerra, hasta cuando esa palabra fuera borrada del diccionario. Entonces pariría muchos hijos para la paz porque ya no irían a la guerra, ya no hablarían en códigos secretos porque no temerían a las palabras habladas en las plazas de mercado, ni en las universidades donde se cocinan los conocimientos, ni tampoco a la mansalva del escopetazo en plena luz del día. Sería el país de todos y para todos, el país de la gran mesa donde todos comerían el mismo pan, dormirían en una casa grande arropada con las cobijas de la paz, y en las noches cuando terminara el día no temerle a la oscuridad de los cuchillos.

Ese era el país soñado por el cual se había convertido en educadora; creía firmemente en el pensamiento libre, y tenía la convicción que el mundo se podía cambiar si matábamos la guerra con la paz, y a cambio construíamos semillas de maíz y trigo en nuestros corazones con obras sociales.

Libertad Colombia tomó aire en sus pulmones, respiró profundo y sin medir una palabra en sus labios dejó sembrado en su mente este relato vestido de piel y sangre, un relato vestido de la verdad que otros ocultan por temor, o porque ya no existen.

No acompañé a mi esposo ese día, asistía como delegada al congreso de luchadores por la paz y la salud pública muy cerca al parque nacional. Teníamos un encuentro con la familia de mi querido esposo en nuestra casa ese día. Sus hermanos, profesores de universidad y colegios; su madre, una maestra de historia por más de veinte años dedicada a la academia había logrado méritos por sus investigaciones sociológicas en relación a interpretaciones étnicas y raciales en la comunidad indígena.

Vi un carro con vidrios ahumados de color negro al frente de mi casa. No le presté importancia, y al abrir la puerta un golpe seco en mi cabeza al pie de mi oído derecho me hizo perder el control. Me metieron dentro del carro y conmigo la familia de mi esposo. Estaban tirados en el piso y sus caras tapadas con pasamontañas igual que los captores, pero sin agujeros en sus ojos. Luego me cubrieron con un trapo negro mis ojos, llenaron mi boca de papel higiénico usado, y con una cinta plástica sellaron mi boca por completo. Respiraba con dificultad por mi nariz pues me la habían quebrado también por completo de una patada. Más de treinta minutos duró el recorrido. Nuestros vendajes fueron retirados, pero en mi boca continuaba un poco de papel disuelto en saliva espesa. Me embargó un sentimiento de muerte que me dejó fría, al comprender lo que significaba reconocerles porque de hecho no dejarían testigos.

Uno a uno fuimos bajados violentamente y atados de pie en diferentes posiciones, pero siempre estábamos de frente uno al otro. Era una casona vieja donde se podía escuchar los murciélagos alatar y chuparse la sangre unos a otros. Había mucha sangre en todas las paredes y objetos corta punzantes en el piso. Allí rondaba la muerte sin disfraz, ella estaba vestida con el dolor de los que antes habían estado allí. Me imaginé sus ojos de color cenizos por el dolor y de sus bocas abiertas escapárseles sus vidas. Algunos letreros grandes donde se enaltecía la organización paramilitar y se insultaban a los comunistas estaban escritos con sangre. No comprendíamos el por qué ni la razón de estar allí en esos momentos. Nos habían prohibido comunicación alguna entre nosotros desde un principio. El primero en violar la norma fue Juan. Trajeron un anzuelo con la capacidad de pescar un tiburón. Los tres se le abalanzaron como fieras detrás de su presa. Uno lo tomó de su pelo y lo tiró con fuerza hacia atrás, otro le atravesó un hierro en sentido vertical sobre su boca mientras el otro pescaba su lengua con el anzuelo; la jaló hacia fuera y pude ver su dolor en la expresión de sus ojos que me la transmitió como descargas de corrientes por todo mi cuerpo. La barbera brilló por su filo en manos del verdugo, y en un estilo de viejo carnicero de un solo tajo su lengua cayó. De inmediato la tomó, la puso en su boca y en un acto de profunda humillación y desprecio por la vida se la hizo tragar. Borbotones de sangre inundó el lugar. Al cabo de dos horas su cuerpo ya no resistía. Su cabeza se inclinó sobre su pecho dejando escapar el último aliento que le quedaba de vida. Fue sacado y arrastrado por el piso hacia un lugar desconocido hasta ahora. Su madre lo despidió con el más profundo sentimiento, con el corazón hecho pedazos, pero con la esperanza que en el más allá en el silencio eterno descansara en paz.

Los miró con odios de destellos y en un acto de desprecio con su voz les inquirió: ¿Qué le hemos hecho a la vida para pagar con nuestras propias vidas? No le escucharon, no se inmutaron, la vida para ellos no era más que un pasaje sin regreso hacia la muerte, donde deberían llegar más rápido los débiles, los pobres, los que no dejan crecer el árbol, porque están pegados a su sombra, los que quieren cambiar el mundo para ser más infelices sus destinos.

Estaban eufóricos; sus manos las tenían llenas de sangre y las alzaban una y otra vez como queriendo mostrarla a sus dioses invisibles, que eran dueños de la vida de quienes se les antojaran; los vi reír sus locuras y hasta llegué a pensar que eran los hijos del demonio que venían a exterminar la vida por completo en la tierra. Se quedaron mirándola y me pareció verle en sus miradas destellos de fuegos que llegaban a los ojos de María. La vi desnuda en el piso y su ropa ensangrentada. Ellos estaban encima como buitres, la estaban violando. Escuché que le preguntaban por qué tenía que haber parido esos comunistas de mierda, que dónde estaban los otros hijos de putas que querían derrocar al gentil gobierno que les daba el pan y el vino, el gobierno que les armaba el puente para llegar al cielo. Ella no respondió, tenía su mirada perdida, a lo mejor estaba buscando en otro lugar del mundo un espacio donde mitigar su dolor. No era sin duda alguna el miedo de la muerte lo que la atormentaba, era la pérdida de no volver a escuchar jamás el canto de los hombres gritando cuesta arriba la palabra libertad, y a los niños tejer los mágicos sueños con sus inocencias en los jardines de la esperanza.

Las preguntas sin respuestas, el silencio en cada segundo que pasaba iba calando adentro en el instinto animal de los hombres como una gran bola de fuego. Los tres la tenían rodeada y cada uno hacía su parte. Uno de ellos le mordió sus labios hasta perderlos del todo. Otro se colgó de su cuello hasta cuando el color de su cara le cambió, sus ojos se tornaron grises y la asfixia terminó su vida. Recuerdo que se prendió de su cuello y se bebió su sangre, y con los ojos bien abiertos y chispeantes me miraba como queriendo decirme que después continuaba conmigo, que él necesitaba mi sangre para alimentar su odio hacia la vida. Ella me miró con debilidad en sus ojos, pero ya no tenían el brillo del sol, ni la claridad de la luna. Fue cuando comprendí que tenía un paso delante de la muerte y que se estaba despidiendo de este mundo cruel. Esa noche fue sacada a la media noche y tirada al lugar de la perrera. Allá se escuchaba el chasquido de las bestias devorar su cuerpo, donde se transaban en fieras peleas por lograr cada uno lo mejor. Por lo rápido que acabaron asumí que eran gigantes animales adiestrados para este oficio. No quise seguir pensando en ellos, pues siempre desde niña recuerdo como los nazis casaban a los de la resistencia, era algo que perturbaba mis sentidos.

El olor a sangre inundó la pequeña habitación y empezamos a escuchar los agudos chillidos de murciélagos, y en segundos cientos de ellos estaban en nuestros cuerpos dándose un festín. Todas las noches los esperábamos y adicional a ellos, zancudos, cucarachas y roedores saciaban sus apetitos. Partes como nuestros dedos de los pies fueron los primeros en desaparecer; allí empezaron hacer nidos insectos y ratas devorar cada día nuestras extremidades. Cada uno de nosotros teníamos las huellas de las torturas indecibles por todas partes del cuerpo: Golpes, choques eléctricos, submarinos, golpes en los oídos, y algo terrible y cruel, la tortura psicológica.

Un día jugaron a la ruleta rusa por más de treinta minutos. Era un Smith hueso de uso privado de las fuerzas militares todo niquelado con las siglas de las

Auc. Una bala fue introducida en el tambor con alto poder explosivo. El arma pasó de mano en mano y acariciado con ansiedad por cada uno de ellos. Al girar el tambor el ruido les producía cierto temblor en sus manos, y de una manera rápida iban apuntando en nuestras sienes con los ojos grandes distorsionados y la boca abierta. Cada uno de los matones estaba frente a nosotros, contando los segundos al momento de la buena suerte. Antes habían hecho sus apuestas quién sería el primero en violarme. El hecho se repitió por más de trece veces a cada uno. El frío de la boca del revólver y la rapidez con que lo hacían no nos daban tiempo de pensar, solo esperábamos el fogonazo y la chispa humeante salir de sus boquillas, y las balas estallar nuestros cerebros sobre la pared. Ninguno teníamos los ojos cerrados, era como una condición de vigilia conectada en nuestros instintos para despedir al que se fuera. No sé por qué no teníamos miedo, hoy me lo pregunto. Ellos ya no están para preguntarles ahora, me entiendes? Me siento muy triste al recordarlos. Empezó a llorar y los abrazó a los dos. Ellos ahora estaban llorando y todos aquellos que se encontraban en el lugar; le dijeron que era su voluntad si quería continuar, pero ahora estaba de pie, tenía la mirada abierta y las manos cerradas, no quería dejar de hablar, a lo mejor pensaba que el tiempo le robara la memoria, o en esas pesadillas que la acompañaban siempre en las noches ella muriera.

A mi lado izquierdo estaba Tito y a la derecha Manzur. El asesino ya no pasó el arma al que estaba al frente mío, el otro la tomó y empezó a reír y saltar cada vez que le metía y le sacaba el arma de la boca de Manzur. Lo miré de soslayo y pude darme cuenta que estaba sangrando su boca. Lo volví a mirar y fue cuando me di cuenta que sus dientes ya no estaban. Ahora estaba con la boca abierta y tenía toda su boca roja; podíamos verle que disfrutaba todo lo que hacía, era un juego en el cual liberaba lo que era; podíamos apostar que era capaz de todo, e inclusive comerse viva a su madre si tuviera indicios que fuera comunista. Volvió a girar el tambor del revólver y midió el giro, estaba seguro que había nacido para ser ganador por encima de cualquier adversidad, además él era el jefe y la jerarquía no era cuestión de sentimientos, también estaba ligado a la suerte, y siempre era el afortunado en asuntos de mujeres y el diablo ahora no le iba hacer una mala jugada. Escuchamos la explosión como un estruendo y vimos cómo parte de su cráneo quedó pegado en el techo. De su cabeza no había evidencia alguna, solamente un cuerpo sin cabeza era la insignia de un episodio más que quedaría en la impunidad para siempre, en esta guerra inmisericorde que los civiles pagamos. No fue bajado si no al tercer día ya en estado de descomposición y tirado a la perrera.

El hombre empezó a desnudarse y a mirarme con lascivia. Sus ojos eran pequeños pero ahora los tenía grandes. La falta de los dos dientes principales como también parte de la oreja derecha le daban el aspecto de un hombre salido del mal, tenía su cara amorfa y parte de su nariz aplanada lo hacía ver como un animal raro difícil de clasificar entre los anfibios. En su mano derecha le hacían falta algunos dedos, que los había perdido en la instalación de una mina quiebra patas. Le sentí el tufo del licor y a sangre, y en su respiración entrecortada vociferar palabras añadidas de emoción. Sentí en mi espalda clavarse sus uñas afiladas como alfileres, y su miembro empujar una y otra vez mis adoloridos ovarios. Todos me violaron sistemáticamente sin parar un segundo. Mi vello púbico fue arrancado a manotadas y mis senos golpeados hasta perder la masa. En mi vagina introdujeron enjambres de hormigas negras que empezaron por comerse los labios de mi vagina y terminaron con el útero. Pensé morir sin mirar el sol de nuevo y sin enterrar un cirio en el fondo del mar. Estaba sangrando y las hormigas seguían comiéndome como en una competencia de alto rendimiento. Duré muchas horas inconsciente. Recuerdo que antes de perder el conocimiento todos tenían el pene rojo y en sus manos parte de mi vello púbico como un trofeo de guerra. Luego empecé a soñar que estaba volando pero mis alas estaban quebradas, las plumas iban cayendo una a una al desierto hasta quedar desnuda, pero seguía volando. Los hombres de verde me seguían disparando una y otra vez a mi humanidad. Entonces pensé que estaba cerca al cielo y que en cualquier momento la puerta se me habría. Vi un ángel vestido de blanco y extendí una mano hacia él y con la otra sostenía la última pluma que me quedaba. Esperaba el milagro, esperaba de nuevo mi plumaje pero ni las plumas ni las puertas se me abrieron. Los hombres de verde me esperaban, mi cuerpo estaba teñido de sangre y mi aliento se opacaba. Sentí mucho frío y las imágenes borrosas de mis hijas Paula y Caty caminaban en mi cerebro. Las veía correr tras de mí en medio de una nube espesa y muchos rayos caer alrededor. Sus caritas eran de espanto, en cada mano llevaban una flor dibujada con mi nombre y en la otra el retrato de su padre. Los hombres de verde también las perseguían sin cansancio. Llevaban mallas largas y gruesas armada con alambres de púas acompañados de siete perros negros que tiraban de sus sogas. Sus ojos eran brillantes como linternas, y dejaban ver sus colmillos afilados como ganzúas. Las dos tomadas de las manos muchas veces caían una y otra vez, pero al levantarse ya no solamente corrían, ahora empezaban a saltar y a sostenerse en el vuelo. Estaban volando con mis plumas en dirección mía. Los hombres de verde seguían disparando. Habían perdido muchas plumas ahora, pero sus cuerpos estaban sanos. Sus manos se extendieron sobre las mías y en mis ojos se asomaron lágrimas de felicidad que no podía contener. Las sentí frías igual que mi cuerpo. Sus abrazos me iban transportando a un mundo diferente no soñado por mí. Íbamos todas volando a ese mundo que no sabíamos a donde estaba ni como se llamaba. Busqué de nuevo con la mirada al ángel sobre la espesa nube y allí estaba unido a otros ángeles que cantaban plegarias a los muertos. Allí estaba María, Juan, y muchos más del sindicato de maestros y compañeros de la universidad pero no estaba mi esposo. Le pregunté a los ángeles, pero no hubo respuestas, tenían los labios cosidos con alambres y sus pies atados con otros alambres hasta la cintura. Entonces, quiénes cantaban las plegarias? Miré alrededor, y fue cuando me di cuenta que allí estaban los hombres con todo un ejército apoyados por tanquetas punto treinta y fusiles R quince. Tenían un laboratorio experimental donde estaban muchos encadenados de pies y manos esperando el turno, otros eran parte de los muertos que los acompañaban convertidos en muertos bombas para atacar a los comunistas. Cada uno íbamos pasando por una máquina que dejaba pensamientos pasados y presentes en códigos secretos, y nos dejaba al otro lado sin memoria y sin nombres. Empecé a contar mis años vividos en forma descendente y en cada número impar lo multiplicaba por la edad de cada una de mis hijas; al regresar al número que había multiplicado le restaba siete hasta llegar a cero. Les dije a ellas que lo hicieran teniendo encuentra mi edad y el de cada una de ellas. Las dos al mismo tiempo me preguntaron. Y qué va con eso? Es un ejercicio matemático que le dio resultado a mi abuelo, para recuperar la memoria perdida después de las torturas que fue sometido por sus captores en la guerra de los mil días, a nosotras nos ayudará a mantener la nuestra.

Les pedí que las tres fuéramos en la misma cápsula a ese viaje que sin duda ya no tendría retorno y si lo había ya no seríamos las mismas. Había una oscuridad latente en el lugar que no nos dejaba ver entre nosotras, pero sabíamos que estábamos allí todavía, porque seguíamos tomadas de las manos. Desde allí escuchábamos el ruido de la tierra y el de otros mundos lejanos que peleaban por ser los únicos. Sentí la muerte cabalgar en potros salvajes de los niños que habían muerto en el vientre de las madres, y los que morían en los basureros con las aves de presa por su alimento diario. Sentí la muerte caminar agazapada entre los vientos, y los ladridos de los perros romper la cápsula de cristal en mil pedazos. Abrí mis ojos lentamente como queriendo desconocer la realidad. No estaban mis hijas ni los hombres bombas, tampoco los ángeles blancos, pero si los hombres de verde con sus caníbales perros.

Cada uno de ellos estaba parado al frente de nosotros sin bozales en sus trompas. Sus ojos les brillaban manteniendo en nosotros una mirada fija, amaestrada y asesina. En todo el tiempo estuvieron lamiendo sus hocicos, como degustando anticipadamente el banquete. Estábamos petrificados de miedo por lo que iba a suceder, hasta el punto que cada uno nos imaginamos estar entre sus dientes. Podíamos solamente a través de nuestras miradas comunicar nuestra impotencia y esconder nuestro temor en nuestra propia humanidad. En segundos estuvieron encima de nosotros desgarrando los vestidos y alejándose al mismo tiempo. Pudimos vernos desnudos e indefensos atados al temor y a la humillación. No era el circo romano donde el esclavo se enfrentaba a las fieras a brazo limpio, aquí estábamos amarrados de pies y manos donde solo habían vencedores y vencidos, y unos enfermos mentales que se deleitaban con el último suspiro de la vida y con él la llegada de la muerte. Estaban disfrutando todo paso a paso, segundo a segundo todos nuestros sufrimientos, estaban liberando adrenalina y contagiándose unos a otros de la risa esquizofrénica que los hacían incontrolables.

Uno de ellos dijo: Deberíamos acabar con estos comunistas de mierda ya, nuevos invitados nos esperan. Todos nos miramos y comprendimos que pronto estaríamos entre el estómago de cada uno de esas fieras que no paraban de aullar de hambre.

Ezequiel era el más joven de los hermanos, graduado como todos nosotros en ciencias políticas y uno de las personas más humanista que yo haya conocido en mi vida. Recuerdo una vez que estuvimos en una brigada organizada por la ONU en el barrio las Malvinas al suroccidente de Bogotá alfabetizando a la gente pobre del sector; ese día entregó su almuerzo y el dinero que teníamos para el bus a la primera familia que visitamos al ver el horno de carbón apagado por tres días; allí habían cinco niños con sus estómagos grandes llenos de parásitos sin nada en sus estomaguitos y llorando de hambre. El me propuso crear un banco de alimentos, pero al no encontrar respaldo de los gobernantes terminamos por entregarles nuestras raciones diarias.

Ezequiel los miró como queriendo envolverlos en el mundo oscuro, donde irían los que no son hijos de la tierra si no los hijos de la muerte. Apretó sus puños y dientes y en un claro desafío balbuceó estas palabras: "Permítanos defendernos cobardes asesinos, el día les llegará también cuando las campanas de la muerte toquen en sus puertas, el sol no sale una sola vez pero un día no saldrá para ustedes". Uno de ellos llamado moto sierra tomó cada una de las fieras, acarició sus trompas por un largo rato y apretando su labio inferior escapó un silbido, y de inmediato todos los perros se le tiraron encima. Dos atascaron sus mandíbulas sobre su cuello destrozando su garganta de inmediato y pintando de color rojo con su sangre el pelo negro de las bestias asesinas. Los otros dos le abrieron su vientre de par en par y empezaron a devorar sus intestinos. Su cráneo estaba destrozado y su cara irreconocible. Era una masa de carne que no tenía forma, era el espectro del dolor envuelto en los brazos de la muerte llevándoselo al lugar del no regreso.

Recuerdo aquel episodio como uno de los más difíciles de olvidar. Todavía aparecen los momentos incrustados en mi diario vivir sus gritos, y la expresión de terror que inundó sus ojos cuando sintió los sacudidas y la presión de más de doscientas libras sobre su garganta y su cráneo.

Estaba mirándonos, continuó diciendo. Dios mío, como queriendo con sus ojos expresarnos la impotencia y el dolor de la muerte. El podía sentir como se le iba la vida en segundos en un sueño sin regreso, en una corta despedida para siempre, en un adiós abrazado de dolor. Cuando fue descolgado de la viga los perros lo arrastraron a un rincón y terminaron su banquete en una hora. Perros y amos estaban felices. Unos en sus dientes el sabor de la sangre inocente mantenían, y los otros, depredadores del sufrimiento y de la muerte sentían en su psiquis el alivio de terminar con otra vida.

En el día, cualquier cosa podía pasar, como repetir choques eléctricos, golpes en todas partes del cuerpo sin piedad alguna. Las palmadas en los oídos nos hacían perder el equilibrio y nos iban dejando ruidos como si escucháramos una piedra rodar a un abismo sin fin, violaciones repetitivas algunas veces con objetos punzantes, las bolsas plásticas sobre nuestras cabezas y muchas cosas más. Otras eran psicológicas, como subirnos a una altura de más de veinte metros sin vendar los ojos, luego vendarnos y arrojarnos al vacío donde caíamos en un colchón de espumas.

En la noche sentíamos toda clase de insectos caminar y comer de nuestros cuerpos sin poder hacer nada para impedirlo. Los murciélagos se colgaban religiosamente en nuestros cuellos aplicando sus ventosas, hasta dejar en la oscuridad sentir la muerte andar agazapada entre nosotros.

Nuevos interrogatorios, nuevas torturas. Trajeron un día una manguera y la pegaron de un grifo, pensé que nos iban a rociar agua para aliviar la pestilencia del lugar y de nuestros cuerpos, que eran un verdadero basurero humano.

Carlos había estudiado en Europa en la universidad Patricio Lobamba cuando la Unión Soviética era socialista, gracias a una beca otorgada por su mérito de buen estudiante e inteligencia. No menos de dos o tres meses había escrito un ensayo sociopolítico llamado"

Un día después de la muerte". En el narraba hechos reales de la miseria, explotación y muerte en la cual está sometido el pueblo Colombiano en manos de los dueños del poder. Tenían en sus manos su ensayo. Empezaron a buscar rápidamente en cada página algo pero al parecer no hallaban lo que querían, o no sabían lo querían, se detenían, y seguían buscando. Algunas veces le arrancaron las páginas donde aparecía el *Che* o algún legendario revolucionario. El jefe lo pidió, se fue al índice y luego a la página principal y en voz alta tiraba escupitajos en medio de cada palabra. No le entendimos lo que quería decir, a lo mejor se le había olvidado que no sabía leer. Se lo pasó al segundo hombre en su mando pero este tampoco había ido a la escuela. Lo miró con rabia por ser tan ignorante como él y siguió balbuceando miles de palabras en medio de sus soldados. Tiró el libro al piso y todos lo pisaron a la vez; de nuevo lo tomó y en seguida preguntó con la incertidumbre propia del momento: alguien fue a la puta escuela? De hecho él sabía que no había respuestas de parte de nosotros. Nos miró con odio y deslizó la mirada entre su gorro verde al más joven de ellos, le pasó el libro como queriendo acertar su intuición, y esperó con algo de resignación la respuesta. A él también la vida le había negado la oportunidad de ir a la escuela, pero él sabia por experiencias que las frustraciones de su jefe terminaban con la muerte, y no quería hoy ser su víctima. Así que sacó a relucir sus dotes de buen orador empírico aprendido en los discursos de Hitler traducidos al español que escuchaba sin descanso todos los fines de semana después de venir de misa.

Había aprendido términos marxistas y revolucionarios cuando se le asignó infiltrar a los movimientos estudiantiles, del cual se sentía orgulloso de ser el responsable de cientos de desapariciones. Esquivando la mirada directa a los ojos de su jefe, y con la mirada perdida en el libro y convencido que sus palabras estaban en el punto exacto donde en cada una de ellas irían calando en la sangre de su jefe, empezó diciendo: "La evolución de la conciencia es el motor de la revolución, donde la espiral termina cuando las masas logran el triunfo del poder……Para esa mierda, le dijo en tono amenazante al tiempo que le arrebató el libro. Hubo de nuevo un silencio pero este parecía inquisidor. Era un silencio armado de predestinación donde todos conocían el final. Sacó su arma, y la observó con cariño, siempre solía decir que la quería más que a su madre. Ahora la guardó con parsimonia y sacó de su bolsillo un folleto viejo y arrugado y se lo pasó al hombre. Estaban ahí las insignias nazis. Era un manual de torturas, pero no se qué pasó que no quiso que lo leyera, a lo mejor ya sabía que tenía que hacer: "torturar". Desapareció por un momento y regresó con una manguera. La conectó a una llave y se dirigió a Carlos no sin antes besar el manual. Antes había pensado que nos iban a rociar agua pero ahora un escalofrió recorrió mi cuerpo. Me imaginé lo que iba a pasar y mi adrenalina se disparó al punto que empecé a gritar y a maldecirlos, y decirles que eran lo peor que la naturaleza humana había parido, si a ellos se le podían llamar humanos.

Carlos estaba petrificado de espanto con su boca cerrada y su mirada abierta puesta en la manguera. Al momento de introducirle la manguera le escupió la cara pero ya no pudo pronunciar palabra alguna. Poco a poco fueron abriendo la llave, su estómago fue creciendo y con él su angustia y su dolor. Se formó una bola inmensa en su estómago y de sus oídos y nariz empezó a salir un chorro de agua. Su cuerpo contorsionó, movió sus pies como queriendo despegarlos de la tierra, tal vez queriendo volar para escaparse de este mundo donde no existiera la muerte. Sentimos como una explosión en el interior. Lo miramos y había un hueco en su cuerpo. Un espectro de hombre colgado en la viga figuraba el dolor y la inmisericordia de los verdugos. Sus intestinos quedaron esparcidos en el piso y paredes, y parte de ellos en nuestros cuerpos.

Cuando el sentimiento de muerte rondaba con su garfio amenazante con escenas de muerte y desolación, entonces buscábamos en nosotros mismos alguna luz verde que nos transportara a un mundo, donde podíamos manejar nuestros propios estados de dolor para ser de él una parte más de nuestro diario vivir, solo así lo podíamos asimilar y digerir cada vez que de las entrañas se nos arrancaban góticas de vida.

Mira amigo, le dijo a Matías, con una expresión suelta pero firme: "La vida era como tejer una red de tiempos en medio de la oscuridad de la noche, donde solo encontrábamos en cada hilada de esperanza la fría respuesta de la muerte".

No veo crecer las rosas y florecer el jardín ahora, no veo también mi vida andar suelta entre mis sueños. Necesito más allá de las montañas cuando el sol amanezca en el horizonte con todo su esplendor, que alguien me responda con la verdad desnuda: ¿Por qué la tierra y nuestro mismo Dios permitió la vida a los que quitan la vida, a los que quitan los sueños a nuestros sueños? ¿Por qué no permiten dejar que el viento llegue a su destino y las aguas corran en las calles libremente? Ver cargar la cruz a cuestas nos parece fácil, pero cuando alguien más que nuestra propia conciencia nos implica en la cruenta verdad del sufrimiento, entonces abrimos una ventana al mundo para que alguien más participe en el camino del calvario y de la cruz.

Ahora quedábamos solo tres escombros humanos mutilados Éramos espectros humanos colgados de una negra viga a la espera de la muerte, éramos una sombra donde la luz ya no existía, donde las sombras se trepaban en nuestros temores adentrándose en lo íntimo de nuestro ser, comiéndose todo de nosotros, comiéndose lo poco que nos quedaba.

Aníbal el hermano mayor de todos tenía cuarenta y ocho años de edad, padre de tres niñas. Su esposa había sido desaparecida hacía dos años después de participar en una asamblea del sindicato de educadores del distrito capital. Había hecho un posgrado en sociología educativa en la Habana en compañía de Tito. A su regreso Aníbal se consagró a la formación universitaria estudiantil y a dictar seminarios en diferentes partes del país y en el exterior. Meses antes me había comentado la idea de irse a vivir a Cuba, pues temía por su vida, ya que los organismos del estado le habían negado la protección con el cuento que la "Seguridad democrática del régimen había terminado con los enemigos del país".

Ahora tenían una actitud beligerante en la cual cada vez que querían continuar con el exterminio selectivo solamente actuaban. Eligieron a Aníbal, se acercaron y le miraron por un largo rato queriendo medir sus pensamientos, se pararon al frente, le dijeron ofensivas palabras que no puedo decir por respeto a ustedes. Jugaron a la apuesta de una cara y sello y por varias veces la moneda cayó de filo sobre la pared, y como siempre el jefe en estos casos tomaba las riendas de los casos en sus mejores decisiones. Se dirigió al extremo de la sala y tomó la moto sierra que todavía tenía residuos de piel y sangre sobre sus cuchillas. Le aplicó aceite y la inspeccionó de tal forma que le diera los mejores resultados esperados. El ruido de la máquina ensordeció nuestros oídos y el ambiente se tornó más tenso. Cada vez aceleraba más el motor y para probar su filo cortó un trozo de madera que ataba su mano derecha de la viga. Parecía que quería empezar un juego, el juego de la muerte. Ahora estaba su cuerpo ladeado hacia un lado y queriendo nivelar su cuerpo le corto su pie izquierdo a la altura del talón. Los gritos se confundían con los de nosotros que lo sentíamos como nuestros. El pedía que lo mataran de una vez, y en un buen acto de consideración cortó su cabeza sin miramiento alguno. Su tronco estuvo moviéndose por unos segundos, y en un instante toda la habitación quedó inundada de sangre. En la misma viga su cuerpo fue picado y empacado en bolsas negras. El hombre seguía con la moto sierra en la mano, su cara fue tomando facetas; sus ojos cambiaban de color cada vez que parpadeaba; su boca estaba abierta dejando entrar sus malos espíritus; sus manos temblaban emocionadas y su entrecejo se cerraba dándole el aspecto fantasmal de un monstruo enfurecido. Su cuerpo fue picado en diminutos pedazos y tirado a la perrera.

Al verle a Tito su barba crecida por los días, su pelo largo y su mirada apacible y triste, su cabeza desgonzada sobre su pecho, su cuerpo desnudo y sangrando atado a la viga, me hizo llegar por un momento la impresión de ver a Jesús crucificado en la cruz. No pude contener mi tristeza y de mis ojos salieron lágrimas de rabia y también de impotencia. Sus manos estaban delgadas, de sus dedos las uñas extraídas; su labio superior destrozado por un golpe de fusil; su pierna derecha quebrada; sus testículos quemados por la corriente. Era un cuadro desolador y lleno de dolor.

Recordaba en esos momentos cuando estuvimos en unas largas vacaciones en Santa Marta, cuando dibujó un castillo inmenso que llamó el "Castillo de la libertad". Le pregunté por qué ese nombre y dijo sin pensarlo dos veces: "Observe en la parte superior las dos ventanas y el vacío que existe para llegar a ellas, entre el vacío y la escalera hay una paloma blanca que ha roto las cadenas en su vuelo, y en la parte superior del castillo un libro abierto con miles de huellas de pies descalzos caminando hacia la luz". Su parábola estaba llena de luz, sabiduría y amor. Todavía cavilo acerca de ella buscando la luz, no sé si la encuentre aquí en la tierra, o no sé si ella existe.

Asistí a muchas conferencias universitarias dictadas por él, en la cual todos los asistentes salíamos diferentes de allí con ganas de cambiarlo todo, de enterrar nuestros miedos, de abrazarnos y dejar correr en nuestros sueños los caminos de la paz y las semillas de la libertad. Qué hermoso eran esos tiempos; lo recuerdo ahora como los mejores de mi juventud; también lo sabía que ya no volverían porque ahora nuestras vidas estaban girando alrededor del oscuro péndulo de la muerte. Cada vez que una puerta se abría, un frio helado y contagiado recorría nuestros cuerpos llegando hasta nuestros huesos rotos, era como un aviso de nuestros instintos que de nuevo íbamos hacer lastimados. Nuestros corazones se aceleraban a ritmos parecidos a los autos de carreras, nuestra respiración se entrecortaba y daba paso a un temblor en nuestros cuerpos débiles que muchas veces era difícil de controlar. Al cabo de unos segundos aparecían siempre con sus ojos brillantes de odio y algunos elementos adicionales de torturas, pero sin dejar nunca la moto sierra que era su juguete preferido. Habíamos perdido la noción del tiempo, muchas veces no sabíamos si era de día o de noche, puesto que el lugar donde nos tenían permanecía cerrado todo el tiempo con cortinas negras, la oscuridad se acomodaba en los ojos, hasta cuando prendían reflectores de diferentes luces al iniciar la siguiente tortura.

El hombre andaba de un lado a otro, tenía disparado sus pensamientos, sus manos estaban untadas de sangre igual que su cara y todo el resto de su cuerpo. Tenía la mirada de un depredador, de un caníbal carnicero. Nos escupió el rostro a cada uno de nosotros, y al no tener respuesta empezó a contarnos como queriendo encontrar un número. El elegido fue Tito. Ya con anterioridad lo sabíamos por la forma en que lo miraba. Con la moto sierra acelerándola cada vez más le preguntó por los comunistas conspiradores del régimen, y los colaboradores de la guerrilla urbana y rural, y por el periódico clandestino que circulaba entre sus simpatizantes.

Tito tenía su mirada abierta y espléndida, de ella transmitía a sus verdugos la irreverente grandeza de un hombre a toda prueba, su amor hacia la vida y su espiritualidad contagiosa por donde quiera que se mirara. Sabía ya de antemano que le quedaban pocos minutos de vida, pero quiso antes de morir hablar acerca a dónde vamos los que morimos, qué tienen en sus corazones y de qué se alimentan los que matan y los que mandan a matar.

"Todos nacemos y sabemos que tenemos que morir

por una razón natural, pero no sabemos nunca dónde, cuándo ni en manos de quién ni por quién morimos, porque independiente de nuestra voluntad nos imponen la voluntad de otros a fusil, a machete y moto sierra. Soñamos con nacer libres y morir libres; ver crecer el prado y la aurora llegar a la ventana sin una venda oscura en nuestros ojos; ver el día partir y la noche llegar sin que la oscuridad asalte nuestros sueños; estar aquí y allá en todos los espacios de la vida donde podamos llenar con nuestro calor humano a alguien más que llega; abrazarnos todos en un solo abrazo fundiendo en él la vida y el amor. Pero aquí en este lugar todo pasa, hasta la vida misma, saben dónde morimos porque eligen nuestra tumba, en lo común un basurero, ellos saben cuándo deben callar la voz de la esperanza, porque dejarla germinar es fortalecer la verdad en multitudes; el lugar de la muerte no les importa, solo el momento cuenta. Cuando cada uno de nosotros por el solo hecho de disentir el color de la rosa sembrada en el palacio de gobierno y no estar de acuerdo, sabemos de hecho quienes nos van a desterrar, quién nos va a encarcelar, y quiénes son nuestros victimarios que nos van a descuartizar.

El camino entre la vida y la muerte es muy corto cuando en medio de la oscuridad aparece una sombra y nos asalta de un solo soplo la vida. Nos arrebatan las familias y destruye comunidades enteras, llevándose en sus cuchillas el último aliento de vida. Ustedes hacen parte de este escuadrón macabro de la muerte. Han aniquilado a mi familia, han destruido sus sueños y los sueños de los sueños. Podrán matarme físicamente, pero no lograrán aniquilar mi espíritu de luchador infatigable de todos los tiempos por los pobres y desamparados de mi país. Me podrán aniquilar y pulverizar mis huesos pero no les permitiré morir en el olvido. Sé a dónde voy después de mi muerte y esto me da la esperanza de poderme reencontrar conmigo mismo y con todos los que ustedes han mutilado. Desde allí estaremos azuzando en los sueños a los que quedan, para que algún día lo fusiles callen y ustedes sean desterrados de la faz de la tierra. Miren sus vidas en su interior, no hay más que podredumbre al servicio de la basura, no hay más que actos de grandes odios almacenados en sus corazones por los que te han hecho creer que merecemos morir para que otros vivan. Miren por un momento sus manos, están llenas de sangre de vidas inocentes que el único pecado ha sido vivir en este mundo de desigualdades sociales, donde los unos hacen de su felicidad las desgracias de los otros. Caminaré rumbo al cadalso llevándome en mi retina sus estirpes de monstruos, sus fríos corazones para tirarlos en el vacío de la noche donde nunca jamás podrán mirar el sol ni las estrellas, ni lo bello y hermoso que tiene la vida. No midan al ser humano por el tener sino por el ser, dense ustedes la oportunidad de poder sentirse humanos y darles a otros la oportunidad de vida que ustedes le han negado.

Cuando un hombre empuña una arma para hacer de esa arma una razón de vida y con ella su alimento espiritual, está dejando sentado por hecho que la suya no es más que el camino más cercano a disentir de la vida misma, y por consiguiente, la forma más cruel de no ver al otro como un ser humano sino como el alimento de su diario vivir. Sé que mis palabras no cambiarán el rumbo de sus destinos porque están marcados por el acervo de la sangre y la bajeza de la insensibilidad, pero déjame decirles pirañas de la muerte que en algún lugar un día no muy lejano sus vidas rebotarán como balones en el viento, miles de víctimas desde las tumbas aclamaran sus muertes y entonces, y solo entonces en ese momento ya no tendrán la oportunidad de vida porque las mismas vidas arrebatadas por la crueldad en sus corazones les perseguirán en sus sueños como una sombra apostada en la esquina de cada lamento, de cada grito de dolor trascendido al cielo, de cada lágrima derramada de sufrimiento de todos aquellos que les han truncado la vida por el solo hecho del pensar diferente, por el solo hecho de disentir del color de la rosa sembrado en el palacio de gobierno".

Nunca había visto a Tito tan hermoso y bello como ese día a pesar de su fisonomía acabada y marchita por las torturas, algo me dejaba ver en el de nuevo su parecido al Cristo crucificado y lacerado en la cruz; cuánto me hubiera gustado tener mis manos y pies libres para andar tras él, solo pude decirle en el momento en que fue bajado y llevado a una sala contigua que lo quería mucho, que resistiera, que en algún lugar de este mundo habría un lugar mejor que este, donde nos reuniríamos para apostarle a la vida a los que quedan en manos de los que deciden dónde, cuándo y sin razón alguna, por qué debemos partir.

Escuché toda la noche sus gritos retumbar en la distancia, sus gemidos de dolor llegar a mis sienes y volcarse como remolinos en mi corazón. El sonido del motor y el chasquido de los perros devorando su cuerpo, me traían la sensación de estar viviendo una escena de horror solamente extraída de algún libro de ficción y puesta en la pantalla grande. Pero al mirar mi cuerpo y no ver partes del mío, de no ver a los que ya no estaban conmigo, de ver las paredes manchadas de sangre por todas partes y las vigas vacías, comprendí de nuevo que no era un estado de alucinación vivido por mí, era la muerte cabalgando sobre un potro salvaje de la que ya no tenía cómo escapar, de la que solamente quedaba por esperar el hielo frío de una máquina cortar, y al otro lado del túnel una luz tenue fundiéndonos en un sueño de nunca despertar.

Caminé en mis pensamientos y como una araña tejí una y otra vez la red para liberarme del dolor, pero el dolor ahí estaba, grité tanto que solo podía escucharme a mí misma mi propia soledad refugiada en la desesperanza y el olvido; me inventé un estado de conmoción interior para negarme a mí misma la posibilidad de morir y dejar navegar en mi memoria el hálito de aliento y de vida; me creí en el sueño ser el ave que dibujó Tito en el castillo en la arena y volar hacia la libertad; me creí todo menos que hoy estuviera entre el holocausto y la vida contando esta historia de sangre y de horror.

Verle como estaba al lado de su esposo desenmarañando sus trágicos recuerdos de un baúl, que más que eso era una pesadilla existente, Matías no dejaba de preguntarse miles cosas a sí mismo, que de hecho le llevaban tomados de las manos a sus propias experiencias vividas por la misma organización paramilitar tiempo atrás. Eran vivencias que al lado de desprevenidos, muy posiblemente no lograría jamás caracterizar el papel por no estar conectado con la cruda realidad. Hizo un silencio un poco extenso para preguntarle: ¿Cómo es posible estar viva? y como saliste de allí? No disimuló un momento de manifestar en sus ojos destellos de alegría a pesar de todo, ni ella lo alcanzaba a comprender, pues no creía en milagros ni

supersticiones de brujos, solo estuvo aferrada a su fe
y a creer que Dios estaba con ella.

De nuevo se miraron a los ojos por un largo momento, sus escuálidas manos entre las suyas y el beso
de un te amo, el susurro de otras palabras de amor que
alimentaron con otros besos su infinito amor por ellos
y la vida misma, le dieron la alegría inmensa de reconocer en ellos la virtud que pocos tienen de sentirse
vivos entre los muertos después del horrible holocausto. Ella continuó diciendo: después de la muerte
de Tito a las dos horas aparecieron con sus ropas manchadas de sangre, eran ropas de carniceros; traían su
reloj y una manilla de colores puestas en sus manos
que yo le había regalado para sus cumpleaños. Se
veían agotados pero en sus adentros se sentían dioses
mitológicos de otros tiempos, purificados por la sangre derramada de sus víctimas. Cada uno de ellos traía
en sus pechos marcados con sangre seca las siglas Auc.
Tomaron whisky y la bajaron con cerveza. En todo el
tiempo me violaron hasta la saciedad dándoles riendas
sueltas a sus bajos instintos. Fui cambiada de posición
en la viga, ahora estaba colgando con los pies atados
a una pita y con la cabeza hacia abajo a dos metros del
cemento. Me raparon la cabeza con tijeras de podar los
árboles y me aplicaron un ungüento con olor a azufre.
Escuché el ruido en la distancia de un vehículo llegar
y los hombres correr tras de él.

Llegó la noche y el día y siete noches más me acom-
pañaron en la sensación de estar sola entre las sombras
de la vida y la muerte. En cada momento los esperaba.
Mi cabeza se llenaba de sangre por el peso de mi
cuerpo y por la posición en que estaba. Los murciélagos hacían sus acostumbradas meriendas hasta dejar
mis venas secas y blancas. Sentía mucha fiebre y esca-

lofrió en todo el cuerpo y mi cabeza reventaba. Tenía anemia, paludismo en el cerebro y vivas en el hígado. Esta enfermedad la conocía cuando estuve con una comunidad indígena en la Amazonía. En todo el tiempo por alcanzar el final del nudo atado a mis pies fue una constante lucha desde el momento en que me sentí sola. Terminé por cortar la pita que ataba mis manos con los dientes después de horas y horas de extensas jornadas. Lo seguí intentando, ahora estaba arriba con mi cabeza sobre los pies, sabía que si no lo lograba ahora mi suerte estaba echada, era la última oportunidad que me quedaba de escapar y ser libre, pero las fuerzas me abandonaban.

Lo volví a intentar y mi cuerpo cayó y con la caída mis dientes se quebraron. No estaba mi ropa, ni parte de mis pies, no pude caminar. Salí arrastrándome del lugar y al pasar por la sala contigua pude ver parte de lo que quedaba de Tito, no eran más que huesos lamidos por los perros, y un almacén de voces y lamentos que llegaban a través de los recuerdos infligiendo soledad y miedo. No alcancé a determinar cuántos esqueletos permanecían allí, pero eran más de cien. Seguí arrastrándome por entre las hierbas por más de una hora y media hasta llegar a una hondonada por donde antes era una quebrada, seguí su curso y ésta me llevó a una choza donde no había rastro alguno de haber sido habitada por lo menos desde hacía un año. Escuché las campanas de una iglesia muy cerca de allí y comprendí que estaba muy cerca a la libertad. Mi corazón era como un remolino de agua dulce que giraba en un solo eje a grandes velocidades, y hasta llegué a pensar por un momento que iba a estallar de ansiedad y de alegría.

Pude ver la majestuosa ciudad de Bogotá desde lo

alto de Monserrate con sus cordones de miseria y sus habitantes conspirar día a día por la supervivencia del pan y el agua. En el otro extremo al norte de la ciudad estaban los señores del poder repartiéndose el botín los sufrimientos de los pobres. Quise gritar de alegría pero no encontré mi voz por ningún lado. Las luces multicolores alumbraban en el norte y en el sur las calles alumbraban por su ausencia. No sabía cuánto tiempo me había arrastrado hasta llegar allí como una serpiente, ni cuántas nuevas llagas podía contar en mi cuerpo. Lo cierto era que no tenía ningún lugar que pudiera dar como bueno.

Vi los feligreses acercarse y el cura con agua bendita queriendo espantar los supuestos demonios de mi alma, Yo le dije que no tenía demonios en mi alma, que lo que tenía era el cuerpo quemado de torturas piel a piel por hombres paramilitares que eran los mismos demonios del infierno. Él quiso exorcizarme con palabras rebuscadas de nuevo, pero le dije que cubriera mi cuerpo y que dejara de mirarme con lascivia. Agachó la cabeza y corrió al confesionario a pedirle a Dios que lo disculpara.

De nuevo mis temores se activaron cuando me echaron a una ambulancia de la policía metropolitana. Para nadie es secreto que todos los organismos secretos del estado están comprometidos en desapariciones forzadas, torturas, falsos positivos y masacres con la organización paramilitar. Me hicieron preguntas que no respondí. Me trataron como una indigente o mejor, como una desechable como se les llama en el argot popular en nuestra sociedad de epítetos, cuando se trata de ignorar valores de las personas como humanos. Me aplicaron primeros auxilios y luego fui llevada a una clínica de tratamiento mental. Los hechos narrados por mí dieron la credibilidad de que era una enferma, y que lo que necesitaba era asistencia siquiátrica.

Estuve aislada en una habitación por cuatro semanas donde solamente me comunicaba con los espíritus que rondaban en el laberinto de mis sueños. Fui dopada todo el tiempo. Una de las maneras para salir de ese estado hipnótico era cuando me aplicaban choques eléctricos que por lo regular eran tres veces al día. Era difícil ver el estado personal y psicológico de cada paciente. Unos caminaban como robots con la mirada perdida en el espacio y en el tiempo, haciendo figuritas como queriendo atrapar las realidades perdidas de sus vidas. Otros comían sus propios excrementos al tiempo que bailaban una danza propia de todas sus locuras. Todos tenían en sus miradas la inocencia de un pasado que les cobraban como agujas pegados en sus huesos, y en sus corazones el hecho de haber nacido en el lugar y en el tiempo equivocado. Recuerdo que al medio día cuando el sol se asomaba por el techo gris, todos salíamos tomados de la mano y como robots caminábamos con las bocas abiertas comiéndonos el sol y el aire; algunos con los brazos abiertos acostados en el frío cemento miraban la distancia como queriendo recordar sus nombres y encontrar a sus seres queridos, que en una noche de espanto se los había tragado la tierra y la oscuridad sin dejar rastro alguno. Solo bastaba abrazarlos para sentir el hielo de la soledad morder el aliento de la poca vida que les quedaba, el dolor pegado en sus huesos y en sus pensamientos el vacío de sentir la vida perdida.

Después de tres meses allí empecé a creer que mi salud sicológica empezaba a decaer. Entonces volví a usar el método eficaz de la cuenta regresiva de los números para mantenerme cuerda. Eran tantas cosas que pasaba en un solo segundo, que muchas veces no lograba diferenciar la realidad de lo que vivía con lo que soñaba. Una tarde me quedé mirando el sol y no me di cuenta si lo que veía era un sueño, o era lo que todos los días veía y sentía en ese lugar. Vi pasar nubes unas detrás de otras, y en ellas viajaban hombres de blanco con grandes agujas que le inyectaban fuego a los pacientes que viajaban dentro. Los hombres empezaron a caer muy cerca de una montaña gris que tenía voces de otro mundo, y sus árboles eran troncos secos que habían perdido sus ramas en un bombardeo por un país invasor. Sus cuerpos incendiaron la montaña y de la montaña empezó a salir un humo negro que llegó hasta la ciudad. El humo empezó a cegarles la vista a todos los habitantes y a dejarles la memoria en blanco. Los hombres de blanco los traían en trenes y camiones, y a cada uno lo marcaban en la frente con un número de acuerdo a su color y su estrato social. Todos pasaron despacio por el frente mío con los ojos vendados y con las manos atadas a sus espaldas; me decían palabras en números, y yo buscaba en el abecedario la letra correspondiente y empezaba armar sus significados. Los mensajes los iba guardando en una caja que estaba localizada al lado izquierdo de mi cerebro, donde solo el sol sabía. Todos fueron entrando a unos cuartos oscuros donde los esperaban otros hombres vestidos de blancos con las mismas agujas de fuego. Los escuché gritar y llorar. Les estaban inyectando el fuego en sus cerebros y en sus pies para sacarle los números que tenían en sus cerebros. Los números los tenía yo codificados en palabras y estas a su vez en cortos mensajes. Los empecé abrir uno por uno y en ellos encontré otros soles que tenían las puertas abiertas para salir de la opresión y la miseria. Busqué en los soles la salida del lugar, pero unas nubes negras me impedían ver la calle. Miré detrás de esos soles, y vi un pasadizo oscuro que conducía a otros pasadizos pero más grandes donde había esqueletos pequeños y grandes quemados por los hombres de bata blanca. El pasadizo en la parte lateral conectaba con una puerta y esta con el tubo de la chimenea.

Cuando dejé de mirar el sol no escuché a los hombres, mujeres y niños llorar, ni tampoco a los hombres verles inyectar fuegos en sus cuerpos. Estaba sola tirada en el piso frio con los ojos y la boca abierta. Miré a mi lado y estaba Marcial con su cuerpo amontonado cerca al mío cuidando de mi sueño.

Marcial caminaba todo el tiempo en círculos y de vez en cuando arremetía con estampidas como potro cerrero, a lo mejor detrás de sus pensamientos que se le escapaban. Muchas veces le pedí que me hablara de él y su familia, pero siempre rehusaba con el argumento que estaba limitado por fuerzas extrañas que se lo impedían. Un día cualquiera se acercó y me dijo en un tono tranquilo y pausado: empecemos. Sacó de sus medias rotas el último cigarrillo piel roja que le quedaba y en un par de segundos antes de empezar estaba pidiéndome otro. Yo debía de seguirle en los pasillos al tiempo que le escuchaba, pues nunca estaba un segundo sin moverse. Miré dijo, usted no me lo va a creer pero yo estoy más cuerdo todavía que todos los siquiatras juntos, estoy aquí igual que todos porque a lo mejor nos quieren utilizar como conejillos de indias para hacer experimentos. En cada noche nos amarran a la camilla de pies y manos, nos cruzan otra correa en el pecho y nos ponen muchos cables en la cabeza descargando choques eléctricos que nos dejan sin sentido por horas y horas. Detrás de nosotros un aparato mide los decibeles de ruido espantoso que producen cada descarga en los oídos, y otros la capacidad de resistencia en cada choque al dolor, la fatiga y la pérdida de conciencia por otro lado. Nos han dado cualquier cantidad de pastas que los gringos sacan al mercado, aquí les llaman las "pastas de la verdad", ellas hacen hablar hasta un mudo. Cuando ya no tienes memoria ni recuerdos que contar, entonces ya no sirves para nada. Llevo aquí no sé cuánto tiempo, no he podido salir, no tengo esperanzas al menos que tú seas mi ángel.

Algo verdaderamente difícil de ocultar, era sin duda alguna su tristeza prolongada cuando evocaba los recuerdos de su infancia. Nació en una familia numerosa y pobre de extracto campesino en la época de la violencia; fue obligado a presenciar de pie el linchamiento de algunos de su familia cuando tenía cinco años de edad, el resto, las bombas tiradas indiscriminadamente desde los aviones acabaron con sus vidas en la operación a Marque Talía, Río Chiquito y el Guayabero. Desde esa época nunca volvió a sonreír ni a dejar escapar de sus ojos destellos de alegrías que lo involucrara con un proyecto de vida. Ahora comprendía que este reclusorio era un centro manejado por la organización paramilitar, donde muy difícilmente se salía con vida.

Ves a esta joven que está sentada en el piso con su cabeza metida entre sus piernas? Si, le dije con cierta intranquilidad. Le he preguntado su nombre pero igual que todos no lo recuerdan. Ves al portero? Sí, le contesté con inquietud. El en complicidad de la noche la ha violado muchas veces. Estoy gestionando un plan para asesinarlo así sea lo último que haga.

Qué piensas, me dijo como midiendo mis pensamientos. Lo que sea necesario le respondí. Vamos a cambiarla de habitación y tú lo vas a esperar boca arriba como él la deja después de dar la última ronda; debes bajar las sábanas hasta que cubran el piso. Yo estaré debajo de la cama, cuando el este encima de ti yo le caigo encima y entre los dos lo asfixiaremos con las mismas sábanas.

¿Qué te parece? Tomaremos las llaves y dejaremos a todos libres en la calle.

¿Y qué hacemos con el cuerpo? No había pensado en eso, me respondió. Alguna cosa haremos, me dijo sin importarle su destino.

Pasado tres días después de aquella conspiración, los dos estábamos esperando este ansioso momento. No nos dimos cuenta cómo lo hicimos, solo recuerdo que sus ojos se tornaron grises y de sus pantalones un líquido de orines amarillento corrió por entre sus piernas. Empezamos a sacar a todos, cerca de unas treinta y tres personas entre ellas se contaban al portero. Vimos un carro de la basura sin chofer estacionado a media cuadra. Todo fue como un milagro. En el momento de saltar de la chimenea, un carro de la basura pasó por el lugar, como si ese milagro estuviera escrito en el libro sagrado. En poco tiempo llegamos a un basurero ubicado en sur occidente de la capital.

Recuerdo que en el momento de despedirnos los dos no sabíamos a donde ir, los caminos estaban, pero todos ellos llenos de incertidumbres, a veces son como una sombra que al caminar no nos dejan ver la claridad del sol, porque están atando nuestros pasos al instinto, a tocar la nada para hacer de ella el soporte al vacío, a la caída, a la incertidumbre.

Cuando logramos dar unos pasos adelante, pero todavía sentimos las cadenas que atan nuestras vidas, es porque no hemos logrado reconstruir el tejido social quebrantado en lo íntimo de nuestro ser, y es cuando necesitamos más allá de cualquier imperativo una mano tendida que nos dé el calor, y nos impulse a trazar un nuevo rumbo para volver a ser como antes.

Nos abrazamos por un largo rato, contemplamos nuestras miradas buscando en ellas mil preguntas acerca de los por qué; estábamos libres pero unidos por los recuerdos que pugnan y que siguen siendo nuestros carceleros de por vida, porque los seguimos sintiendo caminar despacio en la oscuridad hasta en los sueños, cuando rastrean en lo más profundo de nuestras memorias la poca vida que nos queda.

Nos dijimos un hasta luego con la esperanza de que en algún lugar de este mundo la vida tenga reservado un nuevo encuentro en diferentes condiciones, donde el asalto a la vida y a la dignidad humana no sea el diario vivir ni tampoco el pensamiento bailando al son de los fusiles, las moto sierras engrasando sus cadenas y los cuchillos blindados en medio de la noche desgarrar el vientre de los sueños.

A la vuelta del basurero Doña Juana lo vi correr por última vez con sus pies descalzos detrás de sus pensamientos pesados; llevaba su pelo largo flotando junto al viento, sus pantalones cortos roídos por el mugre, y su camisa negra dándole la apariencia de un fantasma solitario huyéndole a sus propios miedos.

Nunca más supe de este hombre que jamás le conocí el color de sus dientes porque no le vi reír, nunca le vi una clara señal de alegría en sus ojos, ni un atisbo de entrega a reconstruirla, se la habían comido las bombas de fósforo lanzadas desde lo alto cuando acabaron con su familia. Solo tenía de él un mundo que desconocía el significado de la vida, un mundo que lo había alejado de su propio mundo arrinconándolo entre sus propios sueños; sueños de abismos profundos que lo volcaban en funestos despertares, cuando acariciaba con sus ojos el color de una rosa, o una tarde con el arco iris puesto sobre su cabeza.

Los cuerpos calcinados en la maleza, las cabezas cortadas y sus vientres abiertos, era para él lo más abominable de una guerra que lo había dejado huérfano en medio de una manada de animales dueños del poder y de la vida. Más de trescientos mil colombianos habían perdido la vida sin saber por qué ni por quienes morían, mientras otros con bombos y platillos en mesas redondas celebraban cada escopetazo, cada tiro de gracia, cada acuchillada en el vientre de la vida de su pueblo y su familia.

Montones de basura eran vaciados a cada instante, y con ellas algunos cuerpos humanos descompuestos formaban el panorama en este lugar. Niños y ancianos luchaban allí el pan diario al lado de carroñeros y toda clase de animales, era una escena grotesca, o mejor dicho, la desnuda realidad Colombiana de la supervivencia donde vive el fuerte y muere el débil; donde el gigante con manos grandes y dientes afilados devora al pequeño; donde el silencio es cómplice del que calla, del que muere.

A veces cuando pensamos que la diferencia entre el bien y el mal radica solamente cuando medimos el peso de la felicidad, o el dolor causado en nuestros vidas por cualquier hecho, le estamos dando un significado trivial y subjetivo, me dijo, porque lo que sentían al ver nuestros sufrimientos físicos y psicológicos era felicidad y gozo, estaban haciendo de nuestro dolor y muerte un placer medido de acuerdo a nuestra escala de dolor y resistencia. Ahora bien, continuó diciendo, otros pasan desapercibidos al dolor de multitudes caminando entre la indiferencia de la vida y la muerte, entre el hoy y el mañana, entre el pan y la nada. Y tú sabes bien Matías mi querido amigo, a quiénes me estoy refiriendo. No basta la historia ahora solamente para refrescar nuestras memorias calcinadas, miremos nuestros cuerpos, en ellos están reflejadas todas las palabras que necesitamos para armar un libro de terror, un holocausto humano, una vida colgante tirada por los hilos invisibles del poder donde a veces me pregunto lo que otros ya a lo mejor no se preguntaran porque ya los hilos de la muerte a la fuerza se los han llevado: Qué hay detrás de una puerta que se cierra? Alguien al escuchar el grito guardara el silencio, se arrodillará, gritara o divulgará? Cuando la puerta se abra que pasará? Seguiremos mudos ante el grito cerrado detrás de la puerta?

Los recuerdos me asaltaron al llegar a la cuadra de mi barrio entre alegría y miedo, busqué nuestra casa, pero ya no existía, pocas semanas después de nuestro secuestro había sido incendiada para borrar cualquier indicio de prueba. Pregunté a mis vecinos pero ellos guardaban el secreto, no querían ingresar a las listas de los desaparecidos, la bota podría aplastarles el último respiro, podía ver en ellos el temor a abrir sus puertas y mucho menos abrir sus labios. Me enteré después que muchos de mis compañeros del sindicato del magisterio, igual que estudiantes, campesinos, y opositores al régimen los habían desaparecido en una operación llamada "la noche de las luciérnagas". Fue una desaparición con lista en manos y códigos secretos para no dejar cabos sueltos, y asegurarse de antemano de posibles rastros de futuras investigaciones. Los paramilitares habían construido hornos crematorios clandestinos para ocultar los horrendos crímenes de lesa humanidad en algunos lugares del país en especial en el departamento del Santander; igual a los hornos crematorios construidos para quemar a los judíos, gitanos otros. Algunos cuentan que en estos hornos por orden del comandante de turno paramilitar hasta los tiraban vivos.

Empecé una lucha sin cuartel para ubicar a mi esposo a través de organismos no gubernamentales, defensoría del pueblo y medios de comunicación. Regresé al basurero buscando restos de los que allí había visto, pero no hallé nada de él. Fue de esta manera que al cabo de tres semanas pude hallarlo en un hospital de mala muerte. Sentí mi corazón salirse de alegría y mis piernas flaquear de la emoción, y sin darme cuenta de la incapacidad que tenía de correr me abalancé sobre su cuerpo frágil, lo até a mi pecho y dormimos un momento los sufrimientos causados por tan largo tiempo y tanta espera. Hoy me pregunto después de todo: ¿Quién doblará las campanas por mí?

Era difícil de aceptar en ese momento todo lo que de nosotros mismos podíamos ver; habíamos envejecido prematuramente, partes de nuestros cuerpos habían sido arrancados sin piedad alguna, otras partes quemadas por los cables eléctricos dejaban ver las marcas imborrables de por vida; en lo psicológico, profundas huellas todavía asaltan nuestros sueños; en cada esquina vemos y sentimos sombras que llegan transformadas en voces amenazantes gritándonos: "No es tiempo de vida, es tiempo de morir", concluyó Colombia diciendo".

Ahora Matías tenía grandes sentimientos de tristeza, ahora podía sentir sus vidas como una parte de la suya, ellos habían logrado transportarle a sus propias vivencias más allá de las suyas, tenía sentimientos álgidos que se profundizaba en cada palabra que salían de sus labios, eran como espadas afiladas desgarrando trozos de su piel. Su sensibilidad era como de un niño cuando la madre deja de acariciar con tiernas palabras benévolas la psiquis de sus emociones. Quería encontrar alguna forma más allá de la propia realidad para lograr explicar la razón de la barbarie y el mutila miento a cualquier expresión de vida, por cualquier razón política que justificara la muerte y la desaparición. Buscó entre mil cosas y solo pudo de nuevo comprender que la sangre derramada por los que yacen en las tumbas anónimas, a los que les arrebataron parte de ellos el aliento de vida, no es más que la condición imperante de unos para mantener las cosas establecidas y volver miserables al resto del mundo. Es así, quien se revele contra las mínimas reglas establecidas, el despertar del día siguiente será su pesadilla que tocará en cada sueño su ventana, clavarán en el jardín de sus casas espinas de abrojos que le impedirán salir de ella; sus miradas ya no serán iguales porque nublarán sus ojos de tierra y sangre, y ya no podrán volver a ver el esplendor de las mañanas en el llano y sus atardeceres de arco iris. No podrán recuperar sus vidas si te la han dejado, porque ya no les pertenecen, es solo un sueño que al despertar costará vivir mil vidas.

Si en medio de la travesía del dolor, de la angustia y de la pérdida del amanecer sin luz, de la desesperanza y la oscuridad ¿también no era un aliciente para Matías verlos con vida?

¿Cómo llevaría todas sus palabras convertidas en

ecos traspasando las barreras del tiempo y del espacio por el resto de su vida?

Desde el momento mismo en que les vio, comprendió el sufrimiento reflejado en sus rostros, eran el espejo del suyo propio; verlos vivos y percibir su mundo igual, era sentirse en su propio lugar, en el mismo ángulo de la tragedia con diferente actor, era abrazar en un solo sentimiento profundo de nostalgias, pero también de alegría íntima de poder compartir la poca vida que les habían dejado, la misma canción y la misma música de fondo.

El silencio provocado por sus pensamientos, la palidez de su cara y la mirada perdida en los recuerdos, les hizo comprender que igual que ellos él quería plasmar en estos momentos en sus memorias las cicatrices de su cuerpo y de su alma, como una forma ideal de lidiar en las noches los fantasmas que siempre persiguen a todos aquellos, que de una u otra manera han vivido la angustia de sentir que la vida se les va a pedazos, mientras que el verdugo se deleita con la sangre y con la voces del lamento. Los pensamientos eran claros para Matías. "Si callamos morimos en el silencio y en el olvido, si hablamos, abrimos una ventana al mundo para que alguien nos escuche".

Cuando apenas tenía siete años, empecé a comprender que todos no éramos iguales ni tampoco libres como decía el cura de mi pueblo, empezó diciendo. A pesar de no haber conocido el hambre, me daba cuenta que habían alacenas vacías, compañeritos caminando descalzos largas jornadas para llegar a la escuela, los campesinos arañando las tierras, sus frutos la pobreza. De camino a la gran ciudad buscando mi colegio lloré la despedida de mi querida madre y el abrazo de mi padre. Las desigualdades sociales allí rápidamente me ubicaron al lado de los pobres. Mi vida estudiantil en el colegio y universidad estuvo marcada por el bolillo y el culatazo de fusil.

El veintiséis de febrero caminábamos con la antorcha de la esperanza encendida en nuestras manos, buscando con su luz a los desaparecidos. El silencio era total, hasta cuando se escucharon los primeros gritos de la multitud correr. Ayudamos a levantar a los caídos, otros buscaban protección de las balas explosivas disparadas a mansalva desde diferentes flancos. El teniente del pueblo habló por autoparlante, pedía que nos rindiéramos, que no teníamos escapatoria. La marcha pacífica terminó en muertos. A un niño de trece años una bala le había atravesado su cabeza, una mujer de sesenta años la bala le había perforado el corazón. Sus ropas negras fueron cambiadas por trajes olivos verdes, y en vez de una cruz ahora lucían un fusil más grande que sus propios cuerpos.

Al otro día las asambleas permanentes de estudiantes y profesores, el gremio agrícola y las cacerolas vacías se hicieron presentes en las calles. La fiesta por la libertad tenía el sabor de la protesta. Cada uno de nosotros habíamos dejado en algún rincón las lágrimas de los caídos, y ahora estábamos con los ojos encendidos buscando en la protesta pacífica la denuncia del dolor y el rechazo al fusil y a la muerte a quemarropa.

Yo iba acompañado como siempre por alguien con cara de intelectual, a quien cada vez que le veía sentía gusanitos en mi estómago y el piso mover. Su nombre era Nora, tenía senos pequeños y un cuerpo acto para hacerle el amor; sus labios eran rojos y sensuales y cualquiera hubiera deseado mezclar los suyos hasta sentir el aliento del deseo en una noche de pasión. Su cuerpo contorneado y duro, hacía mis noches más largas dejando escapar mis libidos reprimidos en mi mente a través del pensamiento. Ese día fue mi novia y era la mejor manera de celebrarlo, era la fiesta por la libertad.

Las calles estaban llenas de manifestantes y la algarabía se sentía, las banderas rojas y negras ondeaban junto al viento con mensajes libertarios. Cada voz se multiplicaba en la distancia por miles y el eco entraba en la oficina de los gobernantes. Llegando al palacio del gobernante todo fue confusión. Tanques de guerra blindados, hombres sigilosos cubiertos con escudos y antimotines de guerra tenían sitiada la ciudad. Vimos escupir fuego de puntos cuarenta y gases contaminantes por los hombres del gobierno. Más disparos, más muertos; la sangre corría por las calles como ríos, el cielo estaba cubierto de una franja roja que no dejaba ver el sol; el sol estaba manchado de sangre de los que ese día gritaron "libertad, libertad".

Ella estaba a mi lado corriendo de mi mano sin rumbo fijo, continuó diciendo, buscamos protección, no la hallamos, golpeamos puertas pero solamente podíamos ver que nos miraban por las rendijas, y por pequeños agujeros de las casas. Estábamos acorralados; al otro lado de la calle se seguían escuchando ráfagas de fusil que se estrellaban contra cualquier cosa que estuviera en movimiento.

Las tanquetas cascabeles se acercaban con hombres con escudos, bolillos y armas de largo alcance, y en cada avance se veía la boca de sus metrallas expeler humo devorando las miradas inocentes de sus habitantes. Vimos un pequeño local abierto y le pedimos a sus dueños que nos dejaran entrar; le explicamos con la boca reseca que estábamos huyendo de la represión policial, y que éramos estudiantes protestando por la tiranía del gobernante. Con una sonrisa cómplice cedieron y nos escondimos detrás de una vitrina, pero en segundos una docena de hombres tan grandes como gorilas entraron, y a la fuerza nos sacaron en medio de bolillos y patadas del local. Vi cómo uno de ellos la golpeaba con violencia y le decía: "comunista de mierda, no mereces vivir, estamos felices de tenerte entre nosotros". Fue tirada al camión como bulto de carne, mientras que yo era atacado sin piedad por más de diez policías y llevado junto a ella en iguales condiciones. Después de permanecer dos días en una penitenciaria sin probar alimentos, fuimos liberados no sin antes barrer las calles de la céntrica ciudad como escarnio público.

El pueblo recuerda ese día como el comienzo de un día diferente, donde no termina el fusilazo a quemarropa, y donde las trompetas anuncian que la bota llega a la ventana de cualquiera que empuñe la verdad y el cambio; alguien quien quiera no solamente cambiarle la cara al fusil por la paz, si no silenciarlos para siempre.

Tres días después estábamos todos en la calle de nuevo acompañando al pueblo en sus reclamos. No recuerdo como estaba vestida ese día, pero sí recuerdo su mirada transparente como las estrellas, su pelo largo y liso y sus ojos grandes llenos de vida traspasando la ventana de su alma, para decirme que era su elegido y el árbol de sus sueños. Se sintió de otra parte, de otro lado, o a lo mejor de otro mundo, y fue a partir de ese día que guardo su sonrisa y el calor de sus besos en los míos, y son esos mismos abrazos los que guardo en mis adentros para no morir en el temor cuando mis sueños me transportan a los enjambres de la vida y la muerte. Han pasado muchos años después de ese primer día cuando el sol no era el mismo sol que alumbró sus ojos y los míos, ese día el sol estaba cubierto de algo especial. Recuerdo que en el lado izquierdo se alargaba una silueta de colores que llegaba hasta la cúspide de una montaña cercana, donde horas antes había estado leyendo una nota que había escrito horas antes de salir a la manifestación obrera. Ese día tenía el sabor de fiesta, de fiesta obrera, de arengas y gargantas dislocadas buscando en los espacios abiertos otras voces para formar un solo eco, el eco del grito de la libertad a los presos políticos, de los caídos en las luchas callejeras; a desatornillar el hambre y la miseria que siempre está caminando por debajo de los pies y por encima de la cabeza de los pobres.

Estaba hermosa, yo diría maravillosa. Algo había en su mirada que traspasaba los límites del valor y del amor. La contemplé con mi mirada por largo tiempo como queriendo encontrar en sus ojos la respuesta, pero no pude hallarla, tal vez sería un simple pensamiento el que estaba caminando en su cabeza de esos que se disparan cuando pensamos en la muerte, o en la felicidad que nos parece distante de los sueños. Caminamos en medio de la gente con los bolsillos llenos de papeles que pasaban de mano en mano, escritos con piel de aceite de los talleres y de barro de los campos. Nuestras pisadas en el asfalto se tornaron pesadas cuando nos dimos cuenta que otros ojos nos apuntaban con la mira del rifle, y con el cañón de las tanquetas oliendo a pólvora y muerte de otras batallas lejos de pertenecernos.

El sitio elegido de reunión estaba lleno de antimotines, y cada uno siguió disparando escupitajos de maldición por encima del hombro. Vimos a Marcos y a Gomer Pay en la esquina de la iglesia acompañados de sus miradas tibias por la ansiedad del momento. Era una combinación de alegría, pero también se podía percibir en ellos el odio visceral a un sistema del cual les había despojado cuando niños su inocencia, y negado el derecho de soñar la tarde y el ruido contagioso del mar rugiendo entre las olas. Todos sus pensamientos y sentimientos eran vinculantes con el cambio que querían, con los sueños que por muchos años siempre habían estado ahí galopando como potros salvajes deseando saborear la libertad negada, pero coartada por los imposibles. Eran conscientes que no era el día de ver caer al régimen fascista y opresor, pero era el comienzo de sembrar un grano a pesar que la tierra era infértil todavía y con otros pensamientos abonar la tierra; ver crecer el árbol y luego expandir las semillas por todo el territorio patrio, y como nubes blancas crecer en las ciudades y en los campos formando un solo puño, un solo grito libertario en el corazón del mundo obrero.

Mientras tomábamos un café donde muchas veces conspirábamos contra la miseria del tiempo, vimos pasar tanquetas y cientos de policías con sus rostros perfumados por el odio también. Sus pasos eran medidos con otros pasos que les iban indicando cada palabra recitada minutos antes por su comandante: "deben de atrapar hasta las larvas para que el ciclo termine, pero preferiblemente no vivas". No necesitábamos una bola de cristal para adivinar sus pensamientos ni sus acciones. La historia hablaba por si sola de los cientos de muertos callados para siempre en las calles, sacados de sus casas y judicializados a punta de metrallas y torturas. Otros que habían tenido la suerte de escapar estaban ahora en el exilio, y los que no estaban pudriéndose en las cárceles sin leerle sus derechos, sin reconocimiento de presos políticos, pero si con la cartulina pegada en sus pechos como terroristas. El estado de derecho solo es aplicado para defender la élite pretexto de resguardar la seguridad ciudadana, la cartilla es aplicada para callar las voces inconformes y los reclamos sociales, a esa misma ciudadanía que tanto se jactan de defender.

La fila humana era inmensa, yo diría que doblaba la ciudad por cada habitante; muchos campesinos habían venido de remotos pueblos con sus costales llenos de esperanzas de recuperar sus tierras perdidas por embargos de los bancos y el desplazamiento; obreros con sus trajes engrasados por el olvido y falta de oportunidades; intelectuales y estudiantes estábamos anidando un sueño para ser fertilizado con la esperanza de ver crecer una patria, donde cupieran todos con sus propias diferencias sin ser dueños de nadie, solo dueños de libertad y de la vida misma. Queríamos enterrar los miedos y el derecho a vivir como un tributo a la vida. Muchas banderas estaban allí presentes enarbolando el sufrimiento del diario vivir, donde hasta soñar cuesta y donde despertar con vida es un milagro.

Muchas veces me pregunté cuando era niño y veía pasar los muertos en mi pueblo, con sus cuerpos ametrallados y sus miradas silenciadas y perdidas por la muerte, si alguien podía cambiar el oscuro pensamiento de quienes mataban o mandaban a alguien que lo hiciera, o los que amparados bajo alguna constitución de sangre eligen quienes viven y quienes mueren. Nada ha cambiado desde ese tiempo hasta ahora, yo diría que han muerto muchas más rosas antes de abrir sus capullos y muchos ríos han perdido sus causes de tantos cuerpos mutilados envueltos en arena y barro. El olor a muerte ya no lo traen los ríos revueltos, ya están pegadas en los sueños y en los ventanales de las casas, en las universidades y en los campos, y en nuestros propios sueños aparecen voces que desgarran el despertar de fusiles y granadas tragándose nuestros alientos de vida, y arrinconándonos en nuestros propios temores sin dejarnos la posibilidad de preguntarnos quiénes somos.

No sé cómo pasó, no puedo recordar el preciso momento en que el olor a pólvora invadió mis sentidos, y los gritos callejeros se dejaron de escuchar a lo largo de la calle. La vi tirada en el piso con sus manos untadas de sangre y con sus ojos nublados de espanto. Su cabello estaba revuelto de polvo y barro y su boca amoratada por los golpes recibidos por la culata de un fusil. A su lado estaba el libro de Eduardo Galeano: "Las venas abiertas de América latina" como preámbulo de la realidad suscrita de los pueblos oprimidos del tercer mundo y del continente. Quise ayudarla pero sentí desprender de mis entrañas parte de mi vida también; tenía mi cabeza reventada y mi mano derecha funcionaba a medias. No pude reconocer lo que pasaba en el instante porque la sangre cubría mis ojos. Escuché sus gemidos de dolor agudos de nuevo a mis espaldas, y me embargó un sentimiento de impotencia y de rabia hasta llorar de odio este crítico momento. Pensé que estaba muriendo cuando le escuché su voz opaca y tibia perderse en monosílabos queriéndome decir que me amaba. Sus manos pegadas a las mías por las esposas frías y heladas, solamente nos brindaban la comunicación de ser prisioneros de la libertad y del dolor, pero los dos sabíamos que mas allá donde salía el sol había una estrella donde dormían nuestros sueños libertarios, para despertar un día cuando el fusil y la metralla fustigaran nuestras vidas.

Escuchamos más disparos de fusil, y luego otros más que se iban llevando en cada uno de ellos los labios de la palabra y el canto madrugador de la esperanza. Su cara estaba pálida con surcos de moretones negros comunicantes de dolor, pero todavía mantenía en su mirada la fortaleza indeclinable de la lucha por la supervivencia, por no dejar a otros las lágrimas de su muerte, y en la esquina siguiente al cazador enterrarles vivos como una condición de desaparecer, a los que tienen el valor de enfrentarles y desenmascararles. Crecieron las voces a nuestras espaldas y unas manos aceradas nos arrastraron a la calle siguiente donde había muchos muertos. Desataron las esposas de nuestras manos y pudimos sentir de nuevo correr la sangre dentro de ellas. Le leímos sus sonrisas de victoria en sus labios, y en sus ojos grandes la alegría de no dejarnos devorar por las hienas. Después los vimos caer sobre el piso y cientos de balas explotar sobre sus cuerpos. No estábamos lejos de ellos. Pudimos ver como la muerte los arropaba en un manto negro, y les cambiaba el color de la piel por una grisácea y pálida, tan parecida al cielo cuando está cubierto de nube. Los dos tenían sus bocas abiertas como queriendo comerse el pesado aire y los ojos brillantes guardando estos últimos momentos de sus vidas. Sentimos su partida, no como una despedida final trepando por los riscos de una empinada montaña, si no como un largo viaje del cual sus cuerpos ya no estarían más con nosotros, pero si sus espíritus cruzando fronteras y océanos, alimentando de valor la insurrección obrera en contra del amo opresor.

Otros más recogían a sus muertos mientras en el costado principal de la calle se seguían escuchando martillazos de fusil contra el pueblo desarmado. Pudimos ver impávidos como un militar de alto rango le destrozó el rostro a un hombre de un culatazo de fusil que se resistió al arresto, y de inmediato lanzado como un vástago de carne al fondo del camión donde lo recibieron otros con golpes de bolillos estrangulándole la vida. Esto nos hizo reflexionar acerca del comportamiento de todos los animales frente a la vida y la muerte en esos momentos, y pensamos en el lobo; éste cuando está a punto de degollar a su adversario y ve al otro rendido, algo en su instinto de animal le advierte en sus entrañas que debe perpetuar sus genes y su raza. Enseguida nos preguntamos: dónde estamos nosotros en la escala del reino animal?

No reconocimos al hombre, pero por su aspecto humilde era uno de los cientos de campesinos bajados de la sierra, que con sus manos encallecidas habían construido patria a punta de azadón y pica, y ahora lo asaltaba la muerte sin darle tiempo de mirar a las estrellas que le alumbró por los caminos escabrosos, por donde llegó a la marcha. Muchos como él ya no volverían a ver crecer el trigo en los campos, y los ríos llevar todas las tardes los mensajes de esperanza entre una aldea y otra. Tampoco escucharían el nuevo canto de las torcazas despedir las tardes en los madrigales, y la lluvia caer silenciosa sobre los tejados en las mañanas.

Más de una veintena de policías sin mediar palabra alguna derribaron puertas y ventanas y de allí sacaron mujeres y niños con sus cabezas reventabas y esposados de pies y manos. Ellos nunca regresaron. Una celda fría se les comió los huesos a unos, a otros una fosa anónima y fría les cubrieron los ojos de tierra, y muchos más que murieron en cámaras de torturas les astillaron la vida por pedazos.

Nos deslizamos entre los heridos y muertos, continuó diciendo, por una calle estrecha adornada con olor a muertos y nostalgias, de una guerra que habían enterrado los sueños de los que la habitaban. La calle conducía a un sótano con laberintos que nunca se encontraban entre sí. En uno de ellos, cientos de murciélagos se encontraban prisioneros por la red de telarañas, mientras éstas se los comían vivos. Sus chillidos llegaban a nosotros como fantasmas que se hundían en nuestros cerebros, y luego se esparcían por todos los laberintos creando un estado de shock emocional difícil de explicar. Buscábamos una salida, pero cada vez más nos dábamos cuenta que nos adentrábamos más en la profundidad del laberinto, creando en nosotros alarmas de miedos que los dos reconocimos con las miradas inciertas. Tomados de las manos, y con la incertidumbre en nuestros pasos prendimos una cerilla, y pudimos ver a través de la luz tenue otra luz imperceptible que luchaba por no apagarse. Sentimos una emoción tan fuerte que instintivamente nos abrazamos por un momento. Es la salida nos dijimos, sin pronunciar palabra alguna. Seguimos caminando en cuclillas evitando rosar con las cabezas las pestilencias de nidos abandonados de insectos y animales extraños. Un hombre viejo yacía en posición fetal abandonado en la desnudez de su cuerpo, y sobre él resaltaban las profundas mutilaciones a que había sido sometido. Sus pies como sus manos habían sido cortados y su cabeza pendía de un hilo de su piel. Un manto de sangre corría por debajo de sus pies perdiéndose en pequeños surcos, hasta llegar al lado del túnel donde se iban formando con la arena y el barro figuras abstractas que luego se perdían a la vista de nosotros. En el momento no lo reconocimos, pero al mirarlo más de cerca la sorpresa fue tan grande que nos tiramos encima abrazándolo y llorándole a gritos. Era nuestro profesor de humanidades e historia del claustro académico. Un líder del partido socialista de los trabajadores, que por décadas enteras había dedicado su vida a la formación de jóvenes universitarios, con el único convencimiento de que el mundo tenía que cambiar en aras de la felicidad de todos. Se había ganado el aprecio de todo el estamento educativo, pero también el odio de aquellos que solo miran el mundo a través de los cristales del odio y no con el lente espiritual de los que sufren. Sus ojos tenían la expresión del sufrimiento y del martirio, pero sin duda alguna con el convencimiento de que más allá donde el verdugo llega con el ánimo de aniquilar la protesta, otras voces con el aliento del azadón y la pala sembrarían la semilla nueva que germinaría en las tierras áridas, donde nunca la vida asomaría.

Los odios brotaron con lágrimas, y un inmenso sentimiento de tristeza lo sentimos nadar en nuestros cuerpos, como una corriente de un mar embravecido que inunda las orillas de los pastizales crecidos, y deja el rastro del caminante que no descansa hasta perderse con el sol. Cubrimos sus restos con su propia sangre y lo despedimos con la consigna que siempre decía cuando terminaba sus discursos políticos: "libertad o muerte". No habíamos caminado más de cien metros cuando no dimos crédito a lo que veíamos: hombres mujeres y niños habían sido masacrados, y algunas mujeres lucían sus vientres abiertos con sus fetos colgantes en un estado humillante. El olor a carne chamuscada y quemada descompuso nuestros estómagos en náuseas. Empezamos a buscar sobrevivientes, y reconocimos algunos vecinos de la cuadra y a otros más que habían participado en algunos seminarios literarios. Allí había un niño no mayor de diez años que había sobrevivido a la masacre sin explicación alguna. Su cuero cabelludo estaba quemado, y con su mirada perdida empezó a llorar y abrazarnos en un acto de fe, esperanza y dolor. No pudimos evitar las lágrimas, que marcarían para siempre el encuentro con la vida cabalgando en mil caballos por encima de la negación de los que quieren astillarla en mil pedazos a punta de fusiles y granadas, y de coser los labios de los que pronuncian la palabra libertad por el temor a perder lo que no les pertenece: "la libertad de nuestro pueblo".

Sus labios estaban sellados con alambres pero él resistió hasta el final. Nunca escuchamos su voz porque su lengua había sido cercenada y el trauma nunca tampoco le permitió recuperar la memoria, a pesar de los eminentes esfuerzos que se hicieron clínicamente. Lo único que se sabía de ellos era que habían sido desaparecidos después de participar en la manifestación y luego llevados al estadio principal; habían sido seleccionados por grupos y entregados a una organización paramilitar por los carabineros y la policía secreta.

Podíamos ver los estacones clavados sobre las paredes en forma de crucifijo, y sobre cada estacón escrito con sangre un número y una letra en códigos, que dejaba pensar el tipo de tortura a que habían sido sometidos, antes de rociarles ácidos y fuego para borrar las evidencias. Pero algunos de ellos todavía tenían la piel cortada, y otros sus ojos habían sido arrancados como una forma de negarle la luz a la vida. Sus pies y sus manos cortados como queriendo decir que no se puede andar por otros caminos que no sean los diseñados por el estamento, y otras manos que no pinten el arco iris en sus ventanales que no sea el color preferido por ellos.

Seguimos caminando buscando la salida pero en muchas ocasiones volvíamos al mismo lugar, entonces empezamos a dejar señales y en el momento en que las encontrábamos, otra ruta de inmediato buscábamos En el recorrido íbamos encontrando otros cadáveres, pero estos tenían años de estar ahí. Fue así como al cabo de tres días y tres noches logramos llegar a un punto cerrado. Vimos una luz brillante y entendimos que estábamos de frente a la salida. Formamos una escalera humana y en medio de la dificultad logramos abrir la tapa cubierta con cemento.

Sentí un golpe cerrado en mi cabeza y miles formas de luces relampaguearon en mis ojos. No sé cuánto tiempo pasó desde aquel momento, hasta cuando recuperé el conocimiento. Tenía los ojos vendados y mis piernas no me ayudaban. Tenía mareos lo que asumí me habían dado un narcótico para dormirme. Mi cabeza estaba a punto de estallar, no la sentía mía, pude sentir la sangre seca pegada a mi cuero cabelludo y el dolor crecer sin control.

Fui internado en la profundidad de la selva entre los límites del Huila y Caquetá. A medida que avanzábamos se escuchaban ráfagas de fusil que se multiplicaban en la espesura de la manigua. Iba esposado de mis manos, y ésta misma cadena hacia un círculo en mi cintura terminando en mi cuello. Cada vez que tiraban de ella sentía que mi respiración me abandonaba. Algunas veces fui arrastrado y amenazado con recibir un tiro si me negaba a levantarme. Las ráfagas seguían cada vez más cerca, y optaron por ponerme camuflado y de escudo humano cuando se veían acorralados. Una vez sentí una bala rozar mi cara y otras incrustarse en los árboles muy cerca de mí. Habíamos huido más de siete horas y los muertos entre ellos se contaban por docenas. Algunos heridos sin la opción de caminar, fueron rematados por ellos mismos con un tiro en la nuca. Los cilindros cargados de pólvora y metrallas lanzados por los guerrilleros de las Farc, dejaban ver pedazos de hierros clavados en diferentes partes de sus cuerpos. Muy cerca vi caer a una joven, no tenía más de catorce años de edad; podía verle su cara de niña buena y las cicatrices de la guerra en todo su cuerpo. Fue abandonada en la selva sin el menor remordimiento.

Me despojaron de las botas, y descalzo entre matorrales y arbustos llenos de espinas fui dejando con sangre la señal de lo que sería, una parte más de lo que me esperaba en este cautiverio. Las nubes empezaron a formarse negras y los vientos mover los gigantes árboles. A los pocos instantes los truenos empezaron a oírse acompañados de relámpagos, y la lluvia arreció y con ella la noche llegó. Se silenciaron los fusiles por algunas horas, mientras tanto los combatientes recuperaron un poco de aliento y comieron mientras yo era amarrado de pies y manos a una ceiba. Pedí agua y uno de ellos me orinó la cara.

El comandante del escuadrón, un hombre de aspecto frío y calculador de vidas caminaba de un lado para otro tirando todo lo que encontraba a su paso; escupía fuego cada vez que me miraba y pronunciaba monosílabas palabras difíciles de escuchar y de entender.

El hombre hizo formar a sus hombres, les leyó de nuevo el estatuto de guerra y en uno de sus apartes hizo hincapié: "Los prisioneros, no le vamos a permitir morir solos, le vamos ayudar a morir, solo que antes tendrán que darnos lo que queremos".

Estas palabras cayeron frías en mi humanidad, no era un combatiente, pero era un prisionero, y el estatuto no hacía la diferencia. Después de las diez de la noche se reiniciaron los combates. El cerco se estaba cerrando cada vez más, los gritos y las bombas no cesaban, ya los muertos no se contaban, simplemente se dejaban. El cerco lo rompieron con la pérdida de algunos veinte hombres, y de victoria dos prisioneros de guerra, los dos menores de edad entre ellos una joven con cara de niña. Todos íbamos caminando en cadena, unos pegados a otros de sus cuellos, descalzos rumbo a lo desconocido donde se llega pero no se sale. En mi cabeza iba tejiendo caminos de esperanzas, pero a veces los caminos terminaban en tupidas redes que no me dejaban buscar la salida.

Cuando se está secuestrado y los captores de recompensa lo que quieren es la vida, entonces la opción de vivir no está en nuestras manos, está en las manos del verdugo. Esto crea una simbiosis sin salida, y termina a la larga en aceptar la muerte como una compensación para evitar el sufrimiento.

Mis pies seguían sangrando y a veces ya los arrastraba. La verdad los sentía como si fueran de concreto, o como si no me pertenecieran. Por la humedad de la ropa empezaron a salir hongos por todas partes de nuestros cuerpos, primero en manchas rojas que se volvieron llagas interminables, y luego esas mismas llagas se tornaron de color grisáceas con olores fétidos.

Irene y Jairo sabían de antemano la crueldad de sus enemigos, para ellos las circunstancias de la guerra les habían enseñado que antes que caer vivos preferían el auto suicidio, pero no hubo tiempo, a Irene se le había atascado las balas en su fusil viejo, cuando uno de ellos le había caído encima propinándole dos machetazos que le costaron la perdida de tres dedos de su mano izquierda, y uno de la derecha cuando defendía su cabeza.

Jairo, al ver herido a uno de sus compañeros de muerte quiso auxiliarlo, pero una bala llegó a su destino terminando en una de sus piernas, peleó el final hasta que su munición se terminó completamente.

A eso de las seis de la mañana cuando solo se escuchaban órdenes del comandante del pequeño grupo que quedaba, uno de ellos nos llevó a él; a cada uno se nos leyó los cargos como en una corte marcial de guerra donde no hay mas verdades de quien acusa. Los dos serían sentenciados a muerte por revelarse contra el orden establecido, y a mí por expandir según ellos la rebeldía entre los pobres y alimentarles el sueño de la libertad. Todos nos miráramos entre sí con la incertidumbre del presente y con las manos vacías para enfrentar la muerte. Irene y Jairo querían darme a conocer sus historias de vida, como un preámbulo antes que terminaran con sus vidas.

Esa noche estábamos muy cerca uno al otro. Irene tenía las palabras puestas en su boca, y los ojos pegados en un lugar que quizás ella no sabía. Tenía los ojos más tristes que jamás haya visto en mi vida, en ellos reflejaba la condición de la impotencia y también la inocencia de la vida, pero la guerra civil la había involucrado no en el juego de las muñecas, si no en el fuego de la guerra donde los cascabeles de la muerte terminan con los sueños de la vida. Sus palabras empezaron a desprenderse de sus labios como una gota de lluvia que cae en el desierto y moja la arena, o como un cántaro cubierto de voces que al destaparse forma ecos en las profundidades del mar. Sus amigos le escuchaban sin interrumpir aquella conversación tan adentrada, y por momentos al escucharle su voz quebrada le abrazaban.

"Nací en el monte hace catorce años, mis padres ingresaron a la subversión armada después que sus abuelos, padres y hermanos fueron sacados violentamente de sus hogares y descuartizados por los paramilitares acusándolos de estar al servicio de la guerrilla. La policía del pueblo se aguardó, y en las calles solo se escuchaba el grito amenazante y el ruido de las botas marchando en dirección a cada casa. Todos fueron reunidos en la plaza principal, y lista en mano cada uno fue formando fila, unos con sus niños de brazos, otros, con la zozobra y el miedo encaramándose por encima de sus cabezas. Les dijeron que iban a morir por haberles permitido a la guerrilla pasar por sus casas y no combatirlos, y quien no estuviera con ellos serían sus enemigos. Un hombre que no quería soltar su niño le dispararon a quemarropa en su cara reventándole los oídos del impacto al niño. Algunas mujeres entre ellas mi abuela fue violada en presencia de todos, su vientre abierto y sacado de allí un bebe de seis meses quien fue mi padre. Mi abuela viva caminó más de cien metros sosteniendo su vientre que pegaba al piso, hasta cuando alguien la alcanzó y cortó su cuerpo en dos. El único sobreviviente de esa matanza fue mi querido padre. Mi padre cuando ya tuvo trece años ingresó a la subversión hasta convertirse en comandante.

Mi abuelo, un hombre madrugador entregado al campo y a su familia, había conocido la pobreza y la pérdida de su querida familia también. Los padres de mis abuelos habían sobrevivido a una de las guerras mundiales, pero en la violencia creada por los grupos partidistas y apoyada por el gobierno de turno, se negó a entregar su tierra a un reconocido terrateniente de la región. Fue asesinado en presencia de su familia y su cuerpo tirado al río Magdalena.

A mi padre lo adoptó una familia campesina pobre de la cual a los siete años murieron. Creció en medio de la indiferencia del estado sin tener la oportunidad de pisar las aulas de una escuela. Las cosas un día se le dieron; tenía su corazón lleno de venganza y odio, y sin tener una oportunidad de vida más que una pica y un azadón como único medio de subsistencia aceptó la propuesta de ingresar a la organización guerrillera cuando tenía trece años. Soñaba a diario con su madre que nunca la conoció, de su padre, lo único que tenía era un retrato hablado. Cuando tuvo la oportunidad de ir al frente de batalla en San Onofre Sucre, creyó que era el único día que tenía de cobrar su venganza; ese día peleó hasta con los dientes. Desde entonces se convirtió en uno de los más temidos de todos los frentes y siempre pensando que era su último día, optó por crear nuevas estrategias de guerra hasta sacar a sus enemigos de sus propias madrigueras. Un día cualquiera cuando estaban durmiendo, dos toneladas de bombas acabaron con su vida y con la de mi madre también. La única sobreviviente fui yo. Creo que aquí mi ciclo de vida también termina". Le miré a los ojos y sus ojos seguían perdidos en ese lugar que a lo mejor no existía. Me hubiera gustado saber dónde encontrar las ventanas abiertas y escapar con ella a otro lugar donde la esperanza de vida existiera, pero la esperanza de vida de Jairo y la mía era igual que la de ella.

Jairo tenía la apariencia de alguien que inspiraba resolución en sus palabras a pesar de su corta edad. No sé por qué, pero desde que lo vi lo asocié con alguien que podía caminar por los andamios de la vida y la muerte sin mirar atrás, a lo mejor llevaba en sus pasos los sueños de vida de sus antepasados, o una luz que yo no alcanzaba a verla porque no tenía la grandeza de sus sueños.

Jairo, buscando esconder sus palabras para que no fueran escuchadas por los secuestradores, se acercó hasta donde las cadenas se lo permitieron; halló un lugar a sus recuerdos por encima de los árboles como queriendo sostenerlos allí hasta cuando terminara. "Vengo de una familia campesina nómada que nunca tuvimos un asentamiento debido a nuestra pobreza. Mis padres pobres campesinos jornaleros al destajo y recolectores de café, andando de cosecha en cosecha por todo el país nunca lograron amasar un solo peso. En un retén a las afueras de Chinchiná Caldas el ejército tenía un retén móvil, fue dejado allí y dos días después apareció con prendas privativas de las Fuerzas Armadas de Colombia con signos de torturas y con un tiro en la nuca. Mi madre terminó su vida suicidándose una mañana antes de salir el sol, cuando no aguantó la soledad y los recuerdos de mi padre. Lo que más recuerdo ahora de ella, dijo a voz baja, era su ternura, su amor y la forma de amarnos.

De mi padre, recuerdo la última vez cuando fuimos con el inspector hacer el reconocimiento. Tenía sus ojos abiertos al cielo, sus manos extendidas en forma de cruz y su boca abierta, tal vez con un montón de palabras que quedaron en el vacío cuando lo mandaron al otro mundo. Mi vida de campesino se tornó difícil, apenas era un niño y ya estaba marcado por una desgracia. Tengo pocos años todavía pero la sociedad indolente me ha hecho madurar y a odiar a los que lo mataron; no he podido resarcir los recuerdos ni el luto que me mantiene y me hace sufrir. Pienso que los caminos de mis padres y el mío pronto se unirán en uno solo para ser menos el dolor, menos la carga llevada a cuesta de tantos recuerdos que me ahogan y no me dejan vivir en paz. He visto caer a muchos de los míos con profunda tristeza, y una alegría infinita cuando con mis propias manos he logrado estrangular la vida a quienes quitaron la vida a quien más quería.

He escuchado en mis adentros la voz de mi padre decirme que no detenga mis pasos, que el fin del camino no está con la llegada de la muerte si no con la luz que está al otro lado del túnel. Él me dice que al otro lado me esperará debajo de un árbol grande donde podemos continuar los sueños que no pudimos lograr aquí en la tierra, porque otros se creyeron dueños de ellos. Yo sé que allí me espera al lado de mi madre y de todos mis antepasados.

Sus últimas palabras estaban prendidas en los riscos de una montaña donde a lo mejor mirándola desde arriba, desearía tener alas para volar por encima de los árboles y los ríos, y no caer en los cenégales y pantanos.

Irene estaba sangrando a chorros de sus dos manos y Jairo de su pierna izquierda, habían perdido tanta sangre que la piel de su cara ya no tenía el color natural, eran de color cenizo. El comandante era un hombre de baja estatura con un acento fuerte cuando pronunciaba la palabra comunista. Era extremadamente delgado pero con una cabeza grande que hacia contraste con sus ojos diminutos, claro que a veces se le veían como dos antorchas de fuego cuando contaba a sus hombres y se daba cuenta que eran menos. Se acercó a nosotros y con una voz grave y firme ordenó a uno de sus hombres despojarnos de las ropas. Sabía que esto lo hacían para aminorar nuestra moral y desintegrar en nosotros el valor. Hizo traer una caja de fósforos y de su camisa sacó un largo tabaco. Empezó a fumar y en cada bocanada hacia círculos de humo como remolinos una y otra vez hasta desintegrarse en el aire. Preguntó a cada uno de nosotros los nombres y los anotó en una agenda húmeda de color pálida debajo de otros nombres. Dio dos vueltas y sin preámbulo alguno nos hizo saber sus pensamientos: "Les voy a dar ahora la oportunidad de que la muerte sea menos dolorosa para ustedes, pueden elegir como quieren morir y también cavar sus propias fosas, pero todo depende de la información que ustedes me suministren, de lo contrario, me implorarán que les dé un tiro en la nuca, maldecirán el día en que sus putas madres los parieron. Quiero nombres de sus familias empezando por sus padres, hermanos hasta la sexta generación. Necesito nombres de todos los hijos de putas comunistas que conforman sus brigadas y las redes de apoyo. Quitarle el agua al pescado es mi prioridad. Esto lo aprendí en la guerra, dijo, mirándome fijo a los ojos y sin parpadear un solo segundo. Mi madre, continuó diciendo sin parpadear, cuando nací me dijo que tenía que limpiar el mar para que todos los corales y los arrecifes nacieran libres, y los peces nacieran sanos, y eso es lo que estoy haciendo ahora en esta guerra que libro. En la guerra se gana o se pierde, y yo estoy ganando esta guerra con la ayuda de los dioses, y no descansaré hasta encontrar debajo de las piedras al último comunista".

El hecho de ser un estudiante universitario vinculado a los movimientos sociales, a la defensa de los derechos humanos, lo veía como un enemigo del estado y de sus propios intereses. Nunca comprendí por qué estaba aquí en otro departamento cuando hubieran podido ejecutarme en el mismo túnel.

Yo sabía que igual que Irene y Jairo moriría, y que el hecho de no ser un combatiente no hacia menor el dolor de morir, más que cualquiera sabía que los enemigos de la vida no perdonarían a nadie el hecho mismo de intentar caminar por los caminos de la libertad, ni mucho menos a alguien como yo que estaba comprometido con movimientos cívicos y por la defensa de los derechos humanos y la vida. Al no tener respuesta mandó traer esparadrapo y selló nuestras bocas. Nos cortó a todos los cabellos hasta dejarnos blancas las cabezas. Ninguno de nosotros comprendimos el por qué del corte del pelo, a lo mejor había leído un libro, o vio una película del genocidio judío donde esta práctica era muy común, solo que allí se hacía para venderlo como un objeto mercantil. Trajo una cámara filmadora y la ubicó al frente de nosotros, tal vez quería dejar un registro para la historia de la maldad, o un video para verlo los domingos después de una larga jornada.

Con sus largos y huesudos dedos acercó el cigarrillo a Irene y lo aplastó por varios minutos en su mano izquierda, y luego en su mano derecha como sellando la sangre que corría por la pérdida de sus dedos. Prendió otro cigarro y lo llevó directo a uno de sus ojos, luego en sus senos y en sus partes genitales. Sentimos el olor de carne quemada y escuchamos el dolor salir de su garganta en un sonido ahogado y perdido en su humanidad. Repitió de nuevo esto por quince minutos, hasta dejarla sumida en la oscuridad de su dolor.

Como un acto religioso a todos se nos practicó lo

misma tortura que Irene, salvo nuestros ojos pero se nos quemó la cara en forma de cruz, los pies y la espalda hasta dejar vejigas que luego al reventarse formaron una llaga abierta de color negro.

A pocos metros de allí pasaba una pequeña quebrada que hacia cruce con otra más grande llevando sus aguas al río. En las noches podíamos escuchar el aleteo de los peces cazando a otros en guerra de supervivencia, y a la altura de nuestras cabezas una gigante culebra mapaná devorando un mono. Debía estar atrapado entre las mandíbulas y colmillos del reptil por sus quejidos. Podíamos compartir su angustia y su clamor al escapársele la vida poco a poco; nada podíamos hacer por el ya que nuestras manos y pies como nuestras bocas estaban atadas. Por el ambiente que reinaba de bulla y chillidos de otros monos moviéndose de rama en rama, trajo la alerta de otros animales en el sector, como también de nuestros captores. Momentos después aparecieron todos los hombres y como medida de seguridad ordenaron la marcha dentro de la manigua. Nos llevaron al lugar donde desembocaba la quebrada a un rio muy cerca de allí.

Fuimos embarcados en una canoa boca abajo y apuntillados nuestras manos y pies sobre la canoa. Sobre ella abrieron pequeños orificios en diferentes direcciones de nuestras heridas a excepción de nuestros ojos. Por el olor a sangre aparecieron las pirañas y empezaron a taladrar rápidamente la madera. Unas y otras venían como en una competencia donde cada cual quería llevar su premio. La canoa había sido reforzada de aluminio en la parte de abajo, para evitar el filtra miento del agua, situación que impidió de hecho que pudieran expandir del todo el orificio y llegar a otras partes de nuestros cuerpos.

Los pensamientos corrían revoloteando por todas partes, concentrando en cada segundo el advenimiento de algo nuevo que sin duda terminaría por enterrar nuestra razón de vida. Escuchamos venir las pirañas en grandes estampidas, liberando en cada instinto una descomunal ansiedad por saciar sus apetitos, y prevalecer sobre su especie los genes de supremacía y gobernabilidad territorial. Cada vez que las pirañas mordían, sentíamos como un alfiler entrando y en la parte final de sus cabezas desgarrando la piel en llamas. Lo primero que sentí antes de perder el conocimiento fue que mis testículos, ya no estaban. Hubiera preferido la vida antes que el don de hombre. Kunta-kit, el negro africano cuando se les escapó por tercera vez a sus captores, ellos le propusieron elegir sus testículos o su pie, y sin pensarlo dos veces dio tres pasos adelante y su pie cayó. Eso mismo hubiera hecho yo. Pero aquí no se elegía como se muere ni cómo se vive, aquí imperaba la muerte sobre todas las cosas de la vida.

Cuando volvimos del inconmensurable dolor comprendimos que antes de morir nos faltaba más dolor; pudimos sentir y ver los infortunios, nuestros cuerpos pálidos y temblorosos, nuestras miradas opacas y nubladas de sufrimientos como un designio de la vida, como algo que jamás imaginamos ni soñamos, aquí estaban presentes.

Irene había perdido su vagina y parte de su pubis, de sus dedos había quedado un muñón de sangre que envolvía parte de sus manos, de sus senos no quedaba nada. Los rastros de las torturas eran elocuentes, hablaban por si solas. Jairo en la parte baja de su rodilla donde había recibido un plomazo tenía solamente su hueso blanco tan delgado que daba la impresión de ser transparente.

Por las condiciones físicas en que habíamos quedado no podíamos caminar, entonces de nuevo fuimos embarcados y sin prender motor tomamos la quebrada grande, y al cabo de horas llegamos a un campamento improvisado donde nos esperaban un grupo de hombres no mayor de veinte armados hasta los dientes. Allí nos quitaron las vendas de los ojos y de nuevo fuimos amarrados a un árbol. En cada uno de ellos se veían marcas de sangre fresca y partes de piel pegados a su alrededor. A unos metros más adelante algo macabro estaba a la vista de todos. Más de un centenar de cabezas desprendidos de sus cuerpos sin sus ojos estaban clavadas en troncos mirándola quebrada. En uno de ellos estaba el cuerpo de un niño clavado de cuerpo entero sobresaliendo de su cabecita parte de su cráneo. Mi consternación fue grande al reconocer al niño. No daba crédito a lo que estaba presenciando. Empecé a llorar tal vez como nunca en mi vida lo había hecho antes. Más allá sobre una pila de leña estaban partes de cuerpos picados listos para ser quemados. Era un cementerio con las características propias del horror, donde solo podía ser ejecutado por mentes enfermas llenas de odio y desprecio por la vida. Busqué entre los cuerpos el de Nora, pero era imposible, no se podía reconocer a nadie. Pensé en ella por mucho rato y asumí que estaba muerta entre la leña. Esto me llenó de una profunda tristeza y de nuevo lloré por un largo rato. Después sentí odio hacia ellos, y cuánto me hubiera gustado que la tierra se los hubiera tragado en esos momentos. También quise atraparlos entre mis manos y estrangularlos hasta sentirlos muertos. Les grité cientos de miles de cosas pero no escucharon nada; mi boca tenía esparadrapos y mis manos como mis pies estaban atados al árbol con alambres de púas. No dejé de mirar el tronco donde estaba el niño ni a los cuerpos amontonados como reciclajes encima del bulto de leña. Rociaron gasolina a los cuerpos y en segundos inmediatamente consumidos por las llamas. Para evitar el humo abrieron un hueco inmenso y trasladaron todos los restos y los taparon con tierra mojada, y con las brasas existentes siguieron quemándose en el fuego. Por algunos momentos pensé que estaba soñando, pero en cada momento la realidad cruda se imponía de una manera cruel y desgarradora.

Muchas cosas pasaron en el holocausto judío que estremecieron al mundo, y que pocos hicieron por evitarlo incluyendo la iglesia católica. Solamente en el siglo veinte el papa Juan Pablo sexto pidió perdón a la humanidad por permanecer de brazos cruzados. En nuestros días pasan cadáveres flotando en el rio, los campos están llenos de sangre de vidas inocentes, la voz del pueblo quebrada por el fusil y la moto sierra, y nosotros allá en iguales condiciones esperábamos sin ninguna esperanza ser rescatados de la muerte y del olvido, del puñal y la agonía. Empezó a caer una tenue brisa sobre la montaña apaciguando el calor; luego relámpagos y truenos trajeron un torrencial aguacero con rayos, desperdigando sobre nosotros granizos que caían como piedras sobre nuestros cuerpos. La quebrada creció llevándose todo a su paso incluyendo la canoa y el equipaje con un fusil de uno de ellos que estaba en la orilla. A pesar del imploro y los ruegos esto le costó la vida. Era un hombre joven que se arrodilló al comandante para que le perdonara la vida, pero su vida terminó con un tiro en la nuca.

Algunas veces de comida nos daban un poco en estado de descomposición, no por compasión sino por mantenernos de pie hasta terminar con nuestras vidas a base de torturas. En los días finales esta benevolencia terminó, y también pusieron dos guardias permanentes para impedir que por un segundo durmiéramos para doblegar nuestra voluntad y nuestro espíritu de resistencia. Uno de los métodos de impedirlo, era que nos azotaban con una planta llamada pringamoza tropical, esta tenía varias espinas que liberaban un veneno casi mortal que se extendía por todas partes del cuerpo, y que producía primero una rasquiña y luego un inmenso dolor en todo el cuerpo hasta llegar al cerebro. El dolor era tan fuerte que producía vómitos y una fiebre con escalofríos muy parecido a la fiebre palúdica. Esto podía durar más de dos horas y por el continuo sueño la dosis se repetía de inmediato. Como teníamos el llamado bozalón de marrano, que al tirar de atrás para soltarnos apretaba el cuello y al estar atados en cadena cada vez que alguien cabeceaba, el lazo apretaba asfixiándonos a todos. En una ocasión que la joven Irene no pudo aguantar el sueño, todos estábamos con la lengua afuera, morados y sin fuerzas para mantenernos de pie. Pringaron a Irene y a nosotros nos reventaron la cabeza con una pistola k 45 de uso exclusivo de las fuerzas militares. Nos llevaron de inmediato de arrastra a la quebrada y allí nos estaban ahogando. El comandante con voz de carnicero paró el ahogamiento y nos hizo sentar en un hoyo con agua dejando al descubierto solamente nuestras cabezas. Allí permanecimos dos noches y dos días en un estado de inmovilidad. El frío y la humedad de la tierra terminaron por congelar nuestros huesos, la circulación sanguínea dejo de caminar libremente hasta llegar a tener el cuerpo totalmente dormido. De vez en cuando nos echaban agua en la cabeza y otras veces las bolsas plásticas eran selladas en la mitad del cuello. En una de esas ocasiones pensé que mis pulmones iban a reventar como una bomba de viento. Empecé por sentir mi respiración corta y mareo. En mis oídos altos niveles de decibeles de ruido me enloquecía hasta que sentí que el oído izquierdo reventó del todo. Era como estar volando hacia el infierno donde en cada perdida de aire, era como encontrar el fuego quemando las entrañas y estar perdiendo a cada instante un segundo de vida.

Me costó mucho recuperarme de esto, de ahí en adelante estar despierto era caminar sobre las pesadillas de la muerte. Una de las muchas que me costó, fue cuando vi acercarse a un hombre gigante caminar sobre el agua trayendo en sus manos una bola inmensa de fuego. Tenía solamente la mitad de su cabeza y unos dientes tan grandes que terminaban en garfios agudos y brillantes. Su cuerpo estaba cubierto de un pelaje áspero y en sus puntas espinas como el puerco espino.

Tenía solamente dos dedos en cada mano, eran gruesos y terminaban en uñas largas y afiladas. Un ojo grande en la mitad de su cabeza lo hacía ver como un ser mitológico de otras tierras y de otros mundos. Su ojo era giratorio y al no tener nariz podía pensar que a través de él percibía los olores y alimentaba los espíritus malignos de la noche. Sus pies eran garras divididas por cascos que formaban una figura salida más allá de la imaginación de cualquier mortal. Caminó despacio entre la sombra de la noche hacia mí. La bola de fuego se hizo cada vez más grande y ahora podía ver su figura imponente al frente mío. "Sólo yo puedo rescatarte del dolor y es a través de la muerte con dolor". Su voz era de ultratumba de alguien quien no se le había escapado a la muerte y ahora quería cobrar la venganza de ella. Colocó la bola de fuego al lado suyo y con sus garras empezó a liberarme del entierro. Con su larga cola me ató al mismo árbol y empezó a dispararme espinas que eran de su pelo. Las espinas caían en mi cuerpo provocando un sufrimiento difícil de controlar por su grado de veneno. Un temblor de pies a cabeza acompañado de vómitos me llevó a perder el conocimiento por unos segundos. Al regresar su mano estaba desgarrando mi vientre buscando mi corazón, y con sus largos dientes clavados en mi garganta tragándoseme los gritos. Estaba paralizado de terror y de dolor, no podía moverme, solo podía ver mi corazón moverse en sus manos despidiendo sus latidos, y en sus dientes parte de mi garganta cercenada por la fuerza de la bestia.

De camino hacia la muerte sentí mi alma desprenderse de mi cuerpo y una luz opaca y transparente esperarme al otro lado del túnel. Ahora podía ver aquel abominable ser en la oscuridad devorar mi cuerpo y los huesos clavar en las cabezas de Irene y Jairo. Escuchaba sus voces de auxilio traspasar el oscuro cielo y en la montaña volar las aves en despavorida huida. En el camino hacia el olvido encontré madres llorando la pérdida de sus queridos hijos, y a sus verdugos envueltos en una ola de fuego grande tratando de encontrar la paz que nunca les dieron a sus víctimas. Todos estaban unidos por las cadenas de la muerte en un círculo cerrado de dolor. Sentí una felicidad indescriptible; podía darme cuenta que la divina providencia había hecho justicia, y que ahora podían andar entre los vientos y los mares libres los que quedaban en la tierra, y que todo el mundo ahora sí podría armar sus sueños de vida en sus propios sueños y no danzar entre la motosierra y los cuchillos. Sobre la espesa nube vi mi tumba cerca a la de mi padre, abuela y hermanos y la de mis antepasados. Pude ver también la de los padres y los abuelos de Irene y Jairo y miles más caídos por los asesinos de la paz. Ninguna estaba triste, sobre ellas había rosales sembrados con la palabra libertad y sobre la cruz palomas blancas con sus alas extendidas hacia el cielo. Los niños estaban tejiendo las palabras del amor sobre la blanca nieve, y en cada pensamiento reflejaban el mundo ideal sobre la tierra. Los ancianos armaban figuras abstractas de los sueños perdidos en la tierra, para ser más livianos sus recuerdos del pasado. Las mujeres tocándose sus vientres miraban hacia el cielo, cantaban aleluyas por los muertos y lloraban por los vivos en la tierra. Me acerqué a mi tumba, me acomodé en ella para dormir el silencio eterno de mis días esperados, pero el dolor de la tierra reclamó por mí, un hilo invisible me tiraba. Ahora estaba de regreso donde el significado de la vida era la muerte, donde la esperanza cabalgaba sobre un potro negro en las tinieblas, donde la luz era la única al otro lado del túnel.

De Irene y Jairo habían extraído sus únicos ojos y de ellos quedaban las huellas del vacío. Sus orejas habían sido mutiladas hasta cortar parte de sus caras en cada extremo, sus labios habían sido cocidos con alambres para callar sus gritos y revertir el dolor a sus entrañas. No pude contener lágrimas al escuchar sus lánguidos quejidos, eran pequeñas sinfonías que trascendían más allá de cualquier percepción humana, era el escape de nudos atorados en sus gargantas para no ahogar el aliento de sus vidas. Traté de moverme pero no sentía mi cuerpo, era como tener un edificio encima donde el único escape era imaginario.

Cuando la fiera aúlla mostrando sus colmillos el caracol se esconde en su caparazón, la liebre en los riscos salta al vacío tras su libertad y las palomas surcan nuevos cielos. Nosotros no teníamos ni siquiera la mínima posibilidad de escapar de nuestros propios pensamientos, porque ellos nos llevaban a través del dolor al lugar desconocido, donde los sueños eran inmensas calderas de fuegos que luego eran vaciadas sobre nosotros, donde cada posibilidad de acariciar la libertad sombras siniestras atornillaban nuestras voces para enmudecerlas con otro golpe, con otro acecho arrancándonos del piso el sostén del equilibrio.

Trajeron palas y los dos fueron sacados de allí y acostados sobre una piedra triangular extraída de algún lugar, donde los antepasados hacían sus sacrificios. Sus piernas ya no tenían movimientos, sus heridas estaban verdes y de sus cuerpos salía el olor cercano a la muerte. Amarraron los cuerpos con alambres abrazando la piedra con las caras mirando al cielo. Tomaron sus bisturíes y le dieron sus últimos retoques. No estaba lejos para comprender que pronto iniciarían una espantosa carnicería con los jóvenes que ya moribundos estaban. Cada uno se colocó sobre la cabeza de Irene y Jairo, y como en una competencia de quién era el carnicero mayor empezaron con el cuidado de levantar el cuero cabelludo sin descontinuar el corte. Los cuerpos se movían en lentas contorsiones, sus fuerzas los habían abandonado y sus vidas estaban espirando el último aliento. Los dos hombres habían terminado en cada dedo de los pies en una operación de viejos carniceros. Prendieron la moto sierra, y sus huesos fueron picados y sus partes tirados al río donde los esperaban las pirañas.

El canto lisonjero del turpial ese día se perdió en el

viento, tampoco el búho con sus ojos grandes alumbró la noche; escuché solamente en la distancia la voces de todos los caídos, y el agua en la quebrada llevarse despacio, muy despacio góticas de mi vida. Ruidos de la muerte rondaban camufladas en las sombras persiguiendo vidas, y yo metido en el mundo de los sobrevivientes estaba apostándole al escape de la muerte para poder soñar un día a través de los cristales, que lo vivido no había sido más que los enjambres de la vida y de la muerte.

Todo era una escena de horror transcrita en sangre en el lugar. El árbol seco donde habíamos permanecido por largo tiempo mantenía las huellas de los alambres endebles en su alrededor; el niño anclado en el tronco mirando al río permanencia allí como un símbolo ejecutado por la crueldad y la maldad; la piedra triangular del sacrificio humano seguía con sus aristas afiladas esperando ser alimentada con la sangre de un inconforme, o de alguien que quiere construirle a los caminos peldaños a la felicidad que ya pocos tienen.

Debía de ser mitad de noche cuando ráfagas y cilindros bombas interrumpieron el abrumador silencio. Los hombres corrían y en pequeñas trincheras disparaban sus cartuchos. Las luces de bengalas dejaban ver sus caras asustadas y algunos cuerpos destrozados volar con las esquirlas. Fueron auxiliados por un avión fantasma que vomitaba fuego por todos los costados tirando bombas incendiarias, prohibidas por los acuerdos de Ginebra. Una bala pasó rozando mi cabeza produciéndome un ardor que se incrustó en mis sienes y en el resto de mi cuerpo.

Al cabo de seis horas de fieros combates los fusiles y las metrallas cesaron. Escuché muchas veces muy cerca de mí: "entréguense, hijos de puta". El avión fantasma fue derribado con los tripulantes todos en mal estado, y el resultado trece paramilitares prisioneros de guerra. Muchos cuerpos sin vida yacían entre los árboles secos y la maleza, otros eran rematados con una ráfaga de fusil en la cabeza.

Sin tener ningún sentimiento de odio los vi pasar al frente encadenado en las mismas circunstancias, quienes habían truncado vidas y pulverizado sueños sin sentir la mínima compasión de suplicio y perdón. Me acerqué al comandante de mi cautiverio y quise tener ojos de fuego para quemarle los suyos, pero me sobró saliva para escupirle la cara. Fui liberado y entregado a una comisión humanitaria, después de 33 días de haber sobrevivido al holocausto entre la vida y la muerte.

¿Cómo olvidar amigos míos todo esto, si en cada milímetro de nuestra piel llevamos recuerdos que están adheridos como tatuajes en lo más profundo de nuestros ser?

¿Quién nos podrá devolver el ahora y el ayer si no podemos vivir con el presente?

¿Cuál puerta se abrirá y cuál camino encontraremos si todavía allá en el horizonte escuchamos a los nuestros caer, al niño llorar la pérdida de su inocencia, y las madres buscar entre las rocas el cuerpo de su hijo que no ha de aparecer? Dios, ayúdanos a vivir en medio de la indiferencia, hasta cuando la flor que cada uno tenemos en el jardín de nuestro ser florezca y dé semillas entre nosotros, para formar uno inmenso que cubra la sangre derramada por los que han quedado en el olvido, y de todos aquellos que no podrán levantarse de las tumbas porque hasta sus espíritus fueron mutilados. Démosle un abrazo a la vida, y dejemos que en ella fluya paso a paso cada momento vivido, para encontrar a lo largo del camino una luz que se inserte en nuestros pasos, y podamos hacer de nuestro diario vivir una carga llevadera.

Ustedes y yo sabemos que la cuesta es larga y que por cada voz estrangulada allá donde nadie escucha, allá donde la vida el significado es muerte y se respira miedo, donde el viento revierte gritos de dolor en sombras, tenemos nosotros que detener la muerte como una forma de vida, y darle a ella el significado verdadero del amor con las palabras y los hechos. No les permitamos mas ser los dueños de la vida y de los sueños, hagamos un alto en el camino y antes que el sol aparezca construyamos un mural con nombres propios, y con la sangre derramada de los que han muerto en los potreros y en las noches oscuras sin luna, pintemos el jardín de la esperanza.

¿Y qué pasó con Nora? ¿Sigue viva? Y si no, ¿dónde se encuentra? ¿Y como llegó el niño a ese lugar? Fueron las preguntas que de inmediato le hicieron Andreu y Colombia Libertad. Su mirada cambió y de nuevo la tristeza lo invadió. Buscó en su portafolio un periódico donde aparecía su foto y las denuncias puestas sobre su desaparición, como también muchos asesinatos incluyendo al niño. Hasta el momento ninguna autoridad se había pronunciado al respecto, aunque si algunos organismos de derechos humanos incluidos ONG no gubernamentales, acentuó. Luego sacó de su Jean una carta con letra amarillenta con sus bordes arrugados y como queriendo que no solamente lo escucharan los allí presentes, sino también los que pasaban al frente de la calle alzó su voz y empezó a leerla: "Mi querida Nora, hoy después de tanto tiempo no he vuelto a tener noticias tuyas. Me embarga la desesperanza al no saber si estás viva o muerta, a lo mejor

estás contando las estrellas en el cielo, o andas en la
tierra sin memoria y sin nombre buscando tus verdugos para terminar la pesadilla de los sueños. Quiero
decirte que el mundo sigue como esa tarde y que tú y
yo, y todos los caídos le hemos apostado a los sueños
para cambiarle la cara al mundo, el desfile de rostros
con ojos hambrientos buscando en los basureros los
alimentos siguen, y las tristes madres llorando a sus
hijos que perdieron en la guerra continúan; o peor aún
en un falso positivo montado por el ejército en una
calle, o en los campos donde habitan nuestros hermanos campesinos, Al ver las mismas calles empedradas
por donde algunas veces caminamos los dos con nuestros morrales cargados de esperanzas, y una que otra
alegría romperse con la cotidianidad del día, siento
que he cambiado; veo más cerca el sol y más lejos la
posibilidad de morir porque ya he muerto. Estoy haciendo nudos en mitad de mi corazón y atando todos
los momentos felices que vivimos para mantener vivo
todos los recuerdos. Espero que donde te encuentres
me tengas el nido abierto para ser feliz mi vida. Tenía
sentimientos encontrados y antes de emigrar de mi
país quise visitar los mismos lugares por donde se escapó parte de mi juventud, y en donde en cada momento de mi vida almacené gota a gota lo que hoy soy,
tal vez más sensible que ayer con la certeza que si he
cambiado es la forma objetiva de amar la rosa con más
ímpetu, y al jardinero mirarle con los mismos ojos que
me miró mi padre días antes de morir. Lo que he sa-
bido de ti, viene a mi cabalgando en potros salvajes
que marchan a través del tiempo sin parar en los pastizales y en los ríos, dejando atrás las distancias que
hoy las quiero imaginarias, pero no reales en el tiempo
para no sentir que se me escapa la posibilidad de un

nuevo encuentro en la dimensión del amor, en la dimensión de los posibles. No puedo dejar de sentir caminar los cascabeles de una serpiente grande y fría en mis sueños, cuando se clavan en mis ojos otros ojos que reclaman libertad. Cuando veo desfilar la miseria en un desfile tan grande como la humanidad misma, y unas manos que reclaman alimentos y unas voces que las quiebran como respuestas, siento de nuevo que hay mucho por hacer, y que otros no pueden seguir mirando al mundo con ojos de cristales, mientras pulverizan sus sonrisas, y languidecen vidas en las veredas y los campos productos de las guerras, y el odio mezquino hacia los pobres sin patria.

Quiero mis zapatos de nubes blancas de nuevo y botar en el oscuro abismo estos de concreto frío que no me dejan volar; quiero luchar la libertad negada y no llorarla; quiero que el sol me dé una larga vida para alumbrarme en la noches oscuras, y junto a ti si vives todavía, crear un maravilloso mundo donde estaremos todos comiendo en la misma mesa, aceptando las diferencias como una forma de vida, pero sin luchas de clases. Si has muerto, quiero contar contigo todavía como una camisa de fuerza que me dé el aliento de un guerrero y la voz de un profeta de la paz. Donde quieras que estés mi adorada Nora, la velitas por la libertad no se apagaran en el fondo del océano con tu muerte, ni con la mía, porque otros encenderán muchas más en todas las esquinas del mundo".

Guardó su carta y cada uno de ellos en un acto de amor por la vida y por sus sueños, hicieron un círculo con sus brazos, y cada uno se comprometió a divulgar lo vivido en cada país donde fuera aceptado su refugio, pero no sin antes darle gracias a Dios por estar vivos.

Andreu, Libertad Colombia y Matías, habían logrado comunicar parte de sus dolorosas intimidades, cada uno de ellos amasarían entre sus manos la poca vida que les quedaba, con temor que en la próxima esquina alguien se las arrebatara; la historia los consumirían como algo del pasado, sus hijos ya no contarían el cuento de caperucita roja y los siete enanitos, sino la desgarradora verdad de una tragedia que enlutó y sigue enlutando el seno de las familias Colombianas con la complicidad del gobernante.

Atrás, en la esquina de los vientos, quedaba parte de lo que seguramente ni el propio sobreviviente no relató, porque a lo mejor las vivencias fueron más intensas que las propias palabras para describirlas, y optaron por dejarlas naufragar entre el olvido y los sueños, entre los enjambres de la vida y de la muerte esperando que alguien doblara las campanas por ellos.

ÍNDICE

www.ingramcontent.com/pod-product-compliance
Lightning Source LLC
Chambersburg PA
CBHW031344160726
47993CB00002B/821